Zeit der Ringelsocken

WERNER PIECHA

Zeit der Ringelsocken

Bibliografische Information der Deutschen Nationalbibliothek:
Die Deutsche Nationalbibliothek verzeichnet diese Publikation
in der Deutschen Nationalbibliografie; detaillierte bibliografische
Daten sind im Internet über http://dnb.dnb.de abrufbar.

© 2019 Werner Piecha
Satz, Umschlaggestaltung, Herstellung und Verlag:
BoD – Books on Demand, Norderstedt
Lektorat: Johanna Ellsworth
ISBN: 978-3-7504-7647-9

Inhalt

Es ist angerichtet 9

Heitere Verse 11
Alles Gute 11
Das Butterbrot 12
Das Räuchermännchen 13
Der Zug 14
Der Fliegenpilz 15
Im Nussgelege 16
Keinem Schrank
kann man es recht machen 17
Ein Sandkorn 18
Zwirn und Faden 19

Das erste Mal 20

Zeit der Ringelsocken 23
Als ich in Schottland war 23
Der Besuch 26
Ein Hauch von Erotik 32
Eine kernige Sache 34
In der Halunkenbucht 37
Zu Besuch im »Gasthaus Kupfer« 39
Müntzers Botschaft 42
Rotdorn 48
Seemannsgarn? 49
Vom **Warten** und E**rwarten** **51**
Was für ein warmer Landregen! 54
Zu schön um wahr zu sein (Das Stolberger Zitat) 56

Ja, so war das 59
Ich hatte einen Trabant aus Zwickau 59

Kulturerfahrung 62
Nur die Schwalben sind frei 64
Schulzens Brückentag 68
Wir sind das Volk! 75
Zwischenfall an einer Geburtstagstafel 77
Gesicht zeigen 81
Das Gesicht zeigen 81
Drei Schmetterlinge hier und da 83
Kontraste 85
Was ist eine Arbeit Wert? 88
Die Wüstenblume 90
Erzählungen 91
Am Wurststand 91
Bescherung 93
Der Kirchgang 95
Der Tag der offenen Tür 98
Eine Bahnfahrt, die ist lustig 105
Frau gefunden 108
Halt, hier geblieben! 109
Himmelsstürmer 110
Im 2.Stock 112
Kann man ein Brot hören? 113
Kinder, wie die Zeit vergeht 115
Liebe Sieglinde, mein süßes Knollennäschen 117
Maikäfer und Loch im Strumpf 118
Mein süßes Ich 120
Nur eine Frage 122
Stimmt 124
Verkehrsteilnehmer 126
Wir lieben dich! 127

Es ist angerichtet

Da haben wir den Salat
Man nehme:
das krumme K, das bauchige B,
das rollende R, das N, wie nett!
das schlanke S, das dicke D,
das verflixte X, das zackige Z,
und noch viele Buchstaben
hält so ein Alphabet parat,
quirlen, kneten, rühren,
Würze für den folgenden Buchstabensalat.

Heitere Verse

Alles Gute

Im Haus der Gesundheit,
auf Stufe neun, ganz oben, da hing
ein Schild, auf dem *Alles Gute* stand.
Auf Stufe eins, ganz unten,
ein Bild an der Wand –
Der Urknall
Dazwischen Günter B. im freien Fall.

Das Butterbrot

Brot,
meine backofenwarme Begierde,
krustenzerfurchtes Gesicht,
duftendes Gericht,
bist jede Brotkorbzierde.
Keine Frage, daß ich dich mag,
begleitest du mich doch Tag um Tag.
Als geknetetes Stück
versprichst du höchstes Gaumenglück.
Sodann in Scheiben geschnitten,
mit Butter beschmiert,
etwas salzig garniert,
laß ich mich nicht lange bitten!

Das Räuchermännchen

Im Wald, dort wo grüne Tännchen
steht weinend ein gedrechseltes Räuchermännchen.
Schimpft, jammert, klagt,
sein Dasein wird amtlich hinterfragt.
An Hals und Gesicht schon krebsrot
weil – überall herrscht Rauchverbot.

Der Zug

Immer pünktlich um achtzehn Uhr zwei,
kommt der Dampfzug am Haus vier drei sechs vorbei.
Ein Kind winkt fröhlich, lang und breit,
doch das war zu einer anderen Zeit!
Heute fahren Elektrozüge um achtzehn Uhr zwei,
am Haus vier drei sechs vorbei.
Das Kind von früher winkt nicht mehr fröhlich, lang
und breit,
heut ist es Rentner und hat keine Zeit!

Der Fliegenpilz

Ein Fliegenpilz träumte auf Reisen zu gehn
wollte die Welt von oben sehn
Wollte von Süd nach Nord,
doch leider steht er fest verwurzelt,
immer am selben Ort.
Der fliegende Pilz
er wollte hoch hinaus.
Da kam ein Jogger
und der Traum war aus.

Im Nussgelege

In einem Nussgelege liegen Hasel-
und Walnuß ganz träge.
Die Große fragt: »Du hohl, du taub?«
»Ich glaub«, erwidert die Kleine, du bist hier nicht der
Obermacker,
ich sag's dem Nußknacker.«
Dieser brummt fest: »Mädels, streitet nicht.
Es ist alles in Butter,
ihr kommt sowieso ins Studentenfutter.«

Keinem Schrank
kann man es recht machen

Der Küchenschrank kann es nicht lassen, mault,
mir fehlen die Tassen.
Der Werkzeugschrank verbeult, farblos,
und voller Rost,
fristet achtlose Handwerkerkost.
Der Stubenschrank moniert, weil,
er ist nicht lackiert.
Der Bücherschrank voller Thesen, klagt,
ich bin ausgelesen.
Der Hängeschrank hat aufgegeben,
er hängt nicht mehr am Leben.
Der Kleiderschrank, auch der aus Berlin, jammert,
ich hab nichts anzuziehn.
Der Hygieneschrank ist schmal, weiß und Kerzengrad,
steht auf Eck im Bad.
So schranken sie vor sich hin, lamentieren,
ich bin wie ich bin.
Froh ist nur das Vertiko, s'ist nun mal so

Ein Sandkorn

Ganz vorn am Strand liegt ein Sandkorn.
Von Wellen hin und her geschmissen,
fühlt es sich zerrissen.
Lauthals es schreit:
»Jetzt ist es soweit! Mit mir kann man so was
nicht machen!
Ich packe meine Siebensachen und verlasse
diese nasse Bühne.
Ich werde eine Wanderdüne!«

Zwirn und Faden

Zu 100 Jahre Festveranstaltung der Fabrik
»Zwirn und Faden «
waren Gäste geladen.
Die Rede hält Herr von Nadel, ein Mann von Adel.
Er holt tief Luft:
»Himmel, Arsch und Zwirn«,
das läßt einen guten Ton vermissen:
» Entschuldigung, mir ist gerade der Faden gerissen.«

Das erste Mal

»Sag mir, wie alles begann. Sag mir,
was war dein »erstes Mal.«

»Es war mein erster Atemzug, der erste Schrei, –
Willkommen im Leben –
ich war so frei.

Ich bin gelaufen, bin gefallen, habe verloren,
habe gewonnen,
war mutlos, war siegesgewiß, war müde, war wach,
habe zerstört, habe geerntet, war zerstritten,
war verliebt,
und war es dunkel, dann führte mich das Licht.«

»Und beginnt alles nicht zum ersten Mal?«

»Ja, der erste Schultag: – Zuckertüte schwer,
das erste Buch, Fibel, Griffel, Blei und mehr.
Der verbotene Schmöker, die verbotene Jeans,
verbotene Musik.
Unerwünschte Kontakte.
Ich bin umzäunt, Steine umgeben mein Land,
zum ersten Mal frage ich: »Warum?«
»Friedenserhalt« sagt der Staat.
zum ersten Mal amtlich belogen.
Das erste Mal mit einem Mädchen Hand in Hand,
an Gefühlen reich und in den Knien so weich.
Warme Erde ist unser Kissen,
Wolkendaunen decken zu,

der Himmel hört: Du, nur du,
Wind kühlt die Lippen bei ersten Küssen.
Das erste Geld, selber zahlen,
Träume schmieden, machen, strahlen.
Das erste Mal am Meer:
Endloses Glück im Wellenspiel,
Wind spielt sein sandiges Lied
von der Sonne, die im Meer verglüht.«

»Was machst du, wenn Tag und Nacht gleich,
wenn das erste Mal Sprache versagt?«

»Ich möchte noch nicht dran denken.
Will Apfelbäume blühen sehen,
will Regen spüren,
möchte Sterne dir schenken,
wie beim ersten Mal.
Und wird mein letzter Atemzug der erste sein,
dann habe dann keine Wahl,
dann ist es auch das erste Mal.«

Zeit der Ringelsocken

Als ich in Schottland war

Als ich in Schottland war …« hörte ich ein Mädchen sagen.Ihr etwa gleichaltriger Begleiter schien davon wenig beeindruckt. Beide Schüler, ausgerüstet mit obligatorischem Rucksack und unzähligen Reißverschlüssen. Moderne, farbige Markenturnschuhe, zerrissene Jeans, luftige Sommer-T-Shirts mit fantasiereichen Bildern und Botschaften darauf waren ihr – auf neudeutsch – Outfit. Das Mädchen trug Pferdeschwanz, ihr Begleiter hatte seine langen Haare in Form eines Nests auf dem Kopf verknotet. Smartphones in den Händen (versteht sich von selbst); um den Hals hingen Kopfhörerstöpsel. Ich schätzte beide auf ungefähr zwölf.

Beeindruckend, was doch für Möglichkeiten bestehen, wenn Eltern mit Kind und Kegel fremde Länder bereisen können. Alles scheint wie selbstverständlich. Ohne auszublenden, daß nicht alle Familien ein solches Reisebudget aufbringen können. Tja, und so sah ich den beiden mit meinen spärlichen Schottlandwissen nach.

Wie war das eigentlich damals bei meinen Mitschülern, bei mir, 1957, als *wir* zwölf waren?

Der Kalte Krieg ist allgegenwärtig. Ideologische Härte, die Auseinandersetzung mit dem Klassenfeind im Arbeiter und Bauernstaat wird vorangetrieben. Abgrenzung gegenüber der Bundesrepublik wird in Ton und Wort schärfer.

Schottland ist für mich, für uns kein Thema, es

schwimmt halt irgendwo bei England auf einer Insel. Und da spielt man mit so komischen Luftsäcken Musik. Dafür zeigen große aufgerollte Landkarten im Erdkundeunterricht gut sichtbare, deutlich hervorgehobene Bruderländer, allen voran die ruhmreiche Sowjetunion. Von Schulwänden lächeln Porträts von Ulbricht und Grotewohl, sie tragen aber auch nicht zu Notenverbesserungen bei. Neuerdings zeugen an kahler Wand Bildabdrücke von einem Verbannten. Wer hing da noch mal? Na, Väterchen Stalin! Gestern war er noch da, heute steht er auf dem Schulboden in der hintersten Ecke. Geschichte wird umgeschrieben!

Eine Reise nach Schottland? Oder gar nach Italien, wenn bei Capri die Sonne im Meer versinkt? Von wegen! Ein eintägiger Auslandsbesuch in der fernen Kreisstadt mit Mutter und Vater wegen irgendwelchen Behördenkrams. Auch hatte man damals das Gefühl, daß viele Eltern nicht von Tisch und Herd wegzukriegen waren. Steckte womöglich wieder Angst vor Verlust von Hab und Gut? Wohl unbegründet!

Wir Schüler kümmerten uns jedenfalls nicht um die große Weltpolitik, interessierten uns dafür umso mehr für den Empfang westliche Radiosender. Wegen der Musik, bei der die Beine sich im Takt automatisch bewegten. Große Reisen führten entweder ins Nachbardorf oder zur Verwandtschaft, Es war auch mal ein Klassenausflug mit der Bahn ins Rosarium nach Sangerhausen dabei. Das waren große Erlebnisse, große Ereignisse!

Und wie haben die Mädchen und Jungen in dieser Zeit ausgesehen?

Die Mädchen hatten Ballerinas an, trugen einen geblümten Rock zur weißen Bluse, die Haare zum Pferde-schwanz gebunden, in der einen Hand die Schultasche, gefüllt mit höchst ungerechten, gepfefferten Noten. Die andere Hand kreiselte gestenreich Erklärungen, was der Lehrer alles falsch machte.

Jungen trugen Kunststoffsandalen, auch Jesuslatschen genannt, kurze Lederhosen mit Hosenträgern auf der Brust die Querstange mit dem röhrendem Hirschen aus echtem Horn. Turnhemden, meist in Blau (dem war-men Sommer sei Dank), die Haare gescheitelt und mit Klemme und Spucke windsicher fixiert. Eine Hand trug die schlichte braune Lederschultasche mit dem Fünfer in Mathe; die andere deutete an, was daheim zu erwarten war.

An solchen Tagen wäre ich lieber in Schottland ge-wesen.

Der Besuch

I

Zum Ferienhaus *Am Rittertor* ist meine alte Schule umgebaut. Die Treppe hoch, erster Stock rechts, so wie früher, versuche ich, in den Klassenraum zu kommen, in dem meine schulische Laufbahn begann. Heute ist er als Schlafzimmer eingerichtet, in das ich als Gast – nicht mehr ganz so flink – über die Treppe hinaufsteige, um mich zur Ruhe zu begeben. »Eigenartig«, denke ich, »hier sind mir schon früher die Augen zugefallen.« Das hatte aber nicht am Unterrichtsstoff gelegen, sondern am wärmenden Ofen, den wir Kinder in der kalten Jahreszeit mit Holzscheiten und Kohlen füttern mussten. So spuckte der Ofen behagliche Wärme, und für uns Schulkinder spukte Lilo und Susi und Hans durch die Fibel und ließ mangels Sauerstoff (irgendeine Entschuldigung brauchte man ja schließlich) unsere müden Augen immer schwerer werden, immer schwerer, schwerer …

Im Juli 1952 wird in der DDR durch Beschlüsse der 2. Parteikonferenz der planmäßige Aufbau des Sozialismus durch Arbeiter und Bauern vom SED-Chef Walter Ulbricht gefordert.

Im September des gleichen Jahres werde auch ich von Wilhelm Pieck, dem Präsidenten der DDR, auf meiner Einschulungsglückwunschkarte in Form einer Briefmarke aufgefordert, zum Gelingen beizutragen. Ohne mich vorher zu fragen, was ich gar nicht lustig fand. Also musste ich mich als ABC-Schütze in die Reihen der Werktätigen einreihen. Modisch gekleidet, Kunststoffsandalen, Kniestrümpfe, kurze Lederhose, gehalten von Querspange mit röhrendem Hirschen, einfarbiges Hemd, Klemme in den Haaren. So begann meine *Lehre* mit Buchstaben und Zahlen, mit Fibel, Schiefertafel, Griffel und Schwamm. Ich wurde Arbeiter.

Und ich wurde auch noch Geher im hauseigenen Sportklub (GhM): Geh, hol Milch. Nach und nach fühlte ich mich als Kind der Ackerfurche, weil meine Klassenleiterin ständig neue Buchstaben und Zahlen aussäte und sich bald darauf Früchte einstellen sollten. Ich wurde Bauer.

Und ich wurde zusätzlich im Schulfach Singen als Sänger ausgebildet, der mit Inbrunst und noch mehr Kehle laut sang: *Im Märzen der Bauer die Rösslein anspannt …*

Also hatte ich die Vorgaben planmäßig erfüllt. Übererfüllt. Arbeiter, Bauer, Sportler und Sänger. Ob Ulbricht und Pieck je davon erfuhren, entzieht sich meiner Kenntnis. »Wer was zu sagen hat, der melde sich und sagt es mir«, ermahne meine Lehrerin. So stellte ich mich ihr als durchgeschwitzter, sportlicher Arbeiter mit Hammer und Amboss und singender, sonnengebräunter Bauer mit Sichel und Ährenkranz.

Einer wachte über allem – Väterchen Stalins Porträt. Keine Sekunde ließ er uns Lernwillige aus den Augen.

Der Schulweg war von Rotdorn gesäumt. Kerzengerade, in strammer Haltung, in gleichen Abständen, schwer die Kronen in der Blütezeit, nahm er die Parade ab – auf dem Hinweg zur Schule die Parade stiller Schüler und auf dem Rückweg die lärmender Schulkinder.

Rotdorn säumt noch heute die Straße und nimmt die

Parade von Einheimischen und Besuchern ab. Und von mir.

II

Der Wald hinter mir atmet Herbst. Bunt, in warme, satte Farben getaucht, leuchten Bäume und Sträucher um die Wette. Auf einem Rundweg über der Stadt sitze ich, von der Sonne verwöhnt, auf einer Holzbank. Genau dem herrschaftlichen Schloss gegenüber. Blitzende Fensterscheiben zwinkern mir zu, wollen sagen: »Ätsch, früher war ich das FDGB Erholungsheim *Comenius* (1592 bis 1670 tschechischer Pädagoge Jan Amos Komensky) für erholungssuchende Werktätige, die bei der Erfüllung und Übererfüllung eures Volkswirtschaftsplans Erholung suchten. Falsche politisch-wirtschaftliche Entscheidungen machten mich dann zu einem Sanierungsfall. Mein Schicksal schien besiegelt. Zum Glück kam die Wende. Wie ihr sagt, die friedliche Revolution. Der Fürst von Stolberg, mein ehemaliger Besitzer, verzichtete zu Gunsten der Deutschen Stiftung auf Denkmalschutz. Finanziell hätte er das nicht geschultert. Und so erstrahle ich heute immer mehr in neuem Glanz. Hast du nicht als Kind gelernt: Alles gehört dem Volk? Und nun ist das Ergebnis bekannt: Ihr als Volk habt es vermasselt! Ach, ehe ich es vergesse: Hast du eigentlich gewusst oder habt ihr in der Schule gelernt, dass aus meinem Haus das niederländische Königshaus hervorging? Durch Gräfin Juliana zu Stolberg, durch Heirat?« Ich antworte dem Schloss wahrheitsgemäß: »Nein und selber ätsch, das wurde damals in keinem Lehrbuch erwähnt, obwohl es sich doch eigentlich für Heimatkunde gehört hätte. Über dich habe ich gelernt: 1945 enteignet, Junkerland durch Bodenreform dem Volk übergeben. Punkt. Aber dafür bin ich durch ein aufgebrochenes Fenster – du verzeihst, es war ja sowieso schon halb durchgefault – in deine verbotenen, abgesperrten Gemäuer geklettert und habe meinen Namen in deine Wand geritzt. Da könnte ich dir noch weitere Geschichten erzählen: von der Schlappschleuder (Zwille) und so, aber geschenkt! Und dass du es weißt: Mit dem Schlossgespenst bin ich noch heute befreundet. Und mit Thomas Müntzer, dem großen Sohn dieser Stadt, den deine Grafen damals – im Mittelalter – mit aufs Schafott gebracht haben, mit dem fühlte ich mich eng verbunden.« Höre ich da ein leises »Ich weiß«? Wuchtig steht, fast mittig auf einer kleinen Anhöhe, nicht weit vom Marktplatz entfernt, die Sankt-Martini-Kirche. Orgelmusik schallt zu mir herüber. Ein Organist scheint alles zu geben. Das Dach droht sich zu heben, die bleiverglasten bunten Fensterscheiben haben ihre Farben und das Kreuz verloren; als höchster Punkt auf dem Turm dreht die Wetterfahne sich in alle Richtungen. Linker Hand von mir schlägt die Saigerturmuhr des ehemaligen Schutztors der Stadt; schlicht, schlank, schnörkellos die Zeit. Rotbraune Dachziegel schmücken Jahrhunderte alte Fachwerkhäuser. Wand an Wand geschmiegt, geben sie sich Halt. Gedämpfter Straßenverkehr, unterschiedlichste Geräusche überlagern die Stille. Ich kann Kinder, Frauen und Männer erkennen. Warum gehen sie gebeugt? Lesen sie in einem Gebets- oder Gesangbuch? Nein! Ich habe mich geirrt! In

Handys und Smartphone vertieft, bleibt ihnen die Perle des Südharzes verborgen.

Dort, einen Steinwurf entfernt, hat mein Baum gestanden, dem ich alles anvertraut habe. Es gibt ihn nicht mehr. Aber Neues wächst an der Stelle und vielleicht verfangen sich in seinem Geäst, so wie früher, Träume und Wünsche. Den Berg hinab über den Bach hinweg, da unten, in dem Haus habe ich gewohnt, meine Freizeit verbracht und meine Hausaufgaben zum Wohle aller Werktätigen in Schönschrift verfasst. Da das Gelehrte im Widerspruch zum Alltag bestand, waren Zweifel angesagt. Ob die Lehrer selbst daran geglaubt haben? Klare Antwort: nur wenige! Verbotene westliche Sender berichteten über politische und wirtschaftliche Missstände, die ein Jahr später – am 17. Juni 1953 – zu Unruhen führen sollten. Meine Kraft bestand jedenfalls darin, nach der Schule erst einmal ausreichend für Brennholz zu sorgen. Die Winter waren lang, und Dämmmaterial, zur damaligen Zeit ein Fremdwort, war nicht vorhanden.

So gehen einem viele Gedanken durch den Kopf. Es sind die Momente, in denen einem warm ums Herz wird. Hier fing alles an, und ich werde das Gefühl nicht los, als hätten neben mir auf der Bank noch welche Platz genommen, die nicht mehr da sind. Die das ewige Licht sehen. Höre ich etwa leise und einfühlsam das Lied, das meine Mutter sang: *Heimat, deine Sterne*? Was könnten mir die Unsichtbaren erzählen? Ich frage sie lautlos, ob am anderen Ufer der Ewigkeit auch Veilchen und Kirschbäume blühen? Und hat dort der Glockenschlag einer Turmuhr eine andere Bedeutung? Ist da die Zeit sogar zeitlos? Blüht dort auch der Rotdorn in strammer

Haltung? Gibt es bei euch auch so viele himmlische Baustellen? Wir hier auf Erden haben enorm viele davon, die großer Kraftanstrengungen bedürfen: Klimaschutz, Pflegenotstand, Energiewende, Umweltschutz, Integration, Rentenpaket, Rechtsextremismus, Terrorbekämpfung. Mit solchen Fremdwörtern brauchte ich mich früher in der Schule noch nicht herumärgern.

Was ruft mir in diesem Augenblick das Schloss zu? *»Nichts bleibt, wie es ist, alles unterliegt Veränderungen, siehste ja an mir.«*

Kranichrufe wecken mich aus meinen Gedanken. Wenn ich ihr Rufen richtig deute, heißt das soviel wie *Carpe diem et respice finem – Nütze den Tag und bedenke das Ende!*

Na dann! Aber vorher gehe ich noch einen Kaffee trinken, versüßt mit VEB Feingebäck – ach, Entschuldigung: natürlich mit Stolberger *Friwi*-Gebäck. (Familienbetrieb seit 1891!)

Ein Hauch von Erotik

Ein Hauch von Erotik lag in der Luft, als ich das Etablissement betrat. Gedämpfte Musik erwartete Kundschaft. Wechselnde Beleuchtung in dezenten Farben gehalten, glättete ungeschminkte Gesichter in perfektes Make-up. Braunes Kunstleder auf Stuhl und Chaiselongue steht vor grünen Marmortischen, zeigt: Hier wurde nicht gespart-hier wurde geklotzt! Ein Rendezvous, ein Tete-a-tete hinter Ecknischen verspricht Diskretion, hier wird menschliches Verlangen zelebriert, hier wird Sinnlichkeit erkauft. Eine Bar in geschliffenen Spiegelfacetten rundet das mit süffigen Getränken und noch mehr süffigen Preisen, süffisant ab. Ein muskulöser Barkeeper mixt wunschgerechte Getränke, sieht mit einem Auge auf das halbvolle Glas, das andere ist voll auf zahlende Besucher gerichtet. Ich war felsenfest überzeugt, das sogar ein drittes Auge auf mich gerichtet war.

Und warum?

Nun, ich bin im Jahr 1958 dreizehn Lenze jung, nicht in Begleitung einer erwachsenen Person und – das ist höchst verdächtig, ja, es schlägt dem Fass den Boden aus – besitze die Frechheit, recht vergnügt und erwartungsvoll eine Frau an meinen Tisch zu bestellen. Genauer gesagt, die « Lady in Red«. Mit solch amerikanischer Namensfindung verspricht sich der Etablissementbesitzer, eine erotische Wirkung, solange die Wortwahl im Land der Arbeiter und Bauern nicht anrüchig klingt.

Die Augenbrauen runzelnd, fragt das weiße, der absoluten Verschwiegenheit verpflichtete, Tische zuweisendes

Schürzenpersonal, ob ich die Frau auch bezahlen könne? Ja, ich bestehe darauf, die Frau für angemessene Zeit mein zu nennen – und ich kann zahlen!

Zwei Minuten später steht die Lady in Red vor mir. Leibhaftig! Und wie sie aussieht! O la la!

Ganz in rot gekleidet, schlank um die Hüfte, obenherum-wie soll ich es ausdrücken – mit üppigen Kurven. Eine wolkenförmige Haube ziert ihr Kopf. Ihr Stand ist sicher, und es geht ein betörender Duft von ihr aus.

Der Morgen weiß nicht, was der Abend bringt, aber ich weiß: Der heutige Nachmittag ist durch nichts mehr zu überbieten! Ich erliege sofort ihrem Charme und kann so mit Fug und Recht behaupten: Sie hat mich verführt, sie hat Lust auf mehr geweckt.

»Nun ist aber gut«, herrscht das Trinkgeld erwartendes Personal mich an, »deine Finger kannst du zu Hause ablecken. Ich bekomme für den Erdbeershake mit Sahne eins achtzig.«

Ich runde gönnerhaft auf. Eins neunzig war mir die Lady in Red wert.

Eine kernige Sache

Es ist der Glaube, der hoffen läßt
Es ist die Musik, die verbindet
Es ist das Wort, das lehrt
Es ist der Geruch, der erinnert ... und genau da fing meine Geschichte an.

Ist das nicht ...? Tatsächlich! Es ist der Duft, der Geruch der mich schlagartig in meine Kindheit zurück versetzt. Aus irgendeiner Richtung, da drüben – vielleicht aus dem geöffneten Fenster – oder kommt der unverwechselbare Hauch vom glatt rasierten Mann, oder der Frau, die meinen Weg kreuzen? Aber nein, das ist unwahrscheinlich, das wäre ja auch ein Ding! Diese Frau riecht – und ich möchte ihr nicht zu nahe treten – nach Mandelöl, Zitrusfrucht oder Ringelblume. Bei dem Mann bin ich noch vorsichtiger mit meiner Beurteilung, denn dieser Riese und da bin ich felsenfest überzeugt, von dem geht kühlende Gletschereisfrische aus. Oder ist sein Aftershaves, würzig – herb gehalten, mit Sandelholz durchtränkt? Das geöffnete Fenster ist mittlerweile geschlossen, aber der für mich angenehme Geruch bleibt. Also, woher kommt er nun?

Da drüben! Zwei Häuser weiter ein Hinweis:»Reinigung-wir reinigen nach alter Tradition: gründlich – sauber – termingerecht«. Die Tür der Annahmestelle steht offen, und ja, aus ihr strömt der Duft heraus: *Kernseife*. Eine Wand aus Kernseifenduft besteht darauf, durchschritten zu werden. Gerne komme ich dem nach, höre ich doch dabei meine Mutter rufen: »Junge, bring die

Zinkwanne vom Boden, bereite heißes Wasser auf dem Ofen vor. Ich glaub, für dich reichen drei große Töpfe. Seife findest du auf der Bank im Flur neben den Waschschüsseln mit kaltem Wasser. Nimm die gute Seife, nimm die Kernseife.«

Wer hatte schon Anfang der 50er Jahre ein Bad mit fließendem, warmen Wasser, Wanne, Toilette? Wir jedenfalls nicht.

Und die Nachbarn links und rechts ebenfalls nicht. Ich bin sicher, zu neunzig Prozent niemand in der kleinen Stadt im Harz, in der ich aufwuchs. Unser Bad war der Flur – schon allein aus Platzgründen – die Wanne aus Zink, dafür leicht zu handhaben, und auf der Bank neben dem Ausguss standen Aluminiumwaschschüsseln, die mit Wasser gefüllt waren, da die Wasserleitung im Winter die dumme Angewohnheit hatte, nicht zu fließen. Und das WC aus Porzellan bestand aus einer nicht TÜV-gerechten, grob zusammengenagelten Holzbretterkonstruktion; es stand drei Etagen tiefer hinten in einer windigen Ecke des Hofes neben dem Bach. Vier Haushalte kämpften in dem altehrwürdigen Haus gegen die Unbilde jener Zeit an. Auch ein Goldwarengeschäft im Parterre kämpfte mit, aber die Besitzer brauchten wenigsten nicht zu baden. Ob hier allerdings der geflügelte Begriff » goldene Zeit« erfunden wurde, bin ich mir nicht sicher.

Ich kämpfte jedenfalls mit Wanne,Wasser, Kernseife und – meiner Meinung nach – ohne Dreck an mir. Das sah meine Mutter völlig anders. Na gut, die Füße leicht angestaubt, schließlich war man ja auch mit dem Hüttenbauen im Wald beschäftigt, und die wenigen schwarzen Fingernägel, da hätte man ja drüber hinweg sehen können. Aber nein, immer sonnabends wird gebadet, gründlich-sauber-termingerecht. Trotzdem gebe ich zu: Irgendwie fühlte ich mich nach so einer gründlichen Reinigung wohler. Dass auch noch eine ganze Armada von Holzschiffen im milchigem, flockigen Wasser unterwegs war, versteht sich von selbst. Nach dem Wohlfühlwaschprogramm durfte ich mich auf dem schwimmenden Flur selbst in trockene Tücher hüllen, und über allem lag der Duft von Kernseife. Im Rückblick war es zwar beschwerlich und umständlich, aber – und das Aber ist groß geschrieben – herrlich war diese kernige Kernseifenzeit, fest in ein kleines rechteckiges Stück Seife gepresst.

In der Halunkenbucht

Morgen sollen sie kommen. Drei spanische Schiffe. Eines davon ist mit Gold beladen.

Die Männer in der Halunkenbucht schärfen ihre Säbel und Dolche. Die Flinten sind geladen, das Pulver ist getrocknet. Hier auf dem Deck der »Santa Maria« soll nichts dem Zufall überlassen werden.

Kapitän Sir Drake, so will er angesprochen werden, hat hinter seinem breiten Gürtel außer dem Tabakbeutel noch zwei Pistolen stecken. Steuermann Smith überprüft Steuer und Kompass. Der Erste Offizier Hau Weg, ein zopftragender Chinese, und Bruder Jonas bringen die 28 Bordgeschütze in Stellung. Dutzendweise sind Pulverfässer und Kanonenkugeln daneben aufgeschichtet. Den Spaniern soll ein heißer Empfang bereitet werden. Alle Segel werden noch einer augenscheinlichen Überprüfung unterzogen, und unter Deck werden Ruder von der Mannschaft in Position gebracht. Oben im Ausguck, in schwindelnder Höhe, sitzt der »Turkmenische Weitblick«. Mit seinen beiden Glasaugen – er putzt sie immer mit Spucke – sieht er alles. Behauptet er. Keiner der verwegenen Meute hat ihn aber je mit einem Auge aus Glas in der Hand gesehen. Die Mannschaft ist ein zusammengewürfelter Haufen, Gestrandete, die man besser nicht nach ihrer Herkunft fragen sollte. Auch nicht den Smutje, die tasmanischen Wildkatze, die Rum und Proviant lagert.

Sir Drake schwört seine Mannschaft nochmals ein und verspricht fette Beute.»Heute Nacht wird der Anker gelichtet. Das griechische Orakel (so nennt der Käpt'n seinen Sternendeuter) hat für den morgigen Tag Nebel vorher gesagt. Wir kennen uns in unserer Halunkenbucht gut aus. Außerdem liegen wir hinter dem Bergmassiv des Vulkans Tohuwabohu. Hier vermutet uns keiner. Der Überraschungseffekt ist auf unserer Seite. Einen Becher Rum für alle. Aber nur einen!«

Deutlich ist ein Grollen zu hören und ein Zittern zu spüren. Der Vulkan spuckt Asche und Qualm. Die See wir unruhig und das Piratenschiff schaukelt bedenklich.

Schnell ist das Übel ausgemacht. Es nähert sich in Form von Mutter Emma.

»Wenn du nicht sofort aus dem Bach herauskommst und diesen entsetzlich stinkenden Rauch eindämmst, sind Bücher für die nächsten vier Wochen gestrichen! Die gesamte Gegend ist wie in Nebel gehüllt. Die Nachbarn stehen mit Wassereimern bereit. Was sind das für Lumpen? Meine Güte, das sind ja meine Geschirrtücher. Da kann ich ja lange suchen! Und ist das nicht Vaters Unterhose, die da sengt? Da schwimmt ja unser Brennholz, das wir für den Winter benötigen! Du hast Schiffe daraus gebastelt? Mein Gott! Und das Ofenrohr aus der Waschküche, da ist es ja! Was wird hier gespielt?«

»Mutti, reg dich doch nicht auf. Ich war gerade dabei, ein spanische Flotte mit Gold zu kapern.

Die Hälfte des Goldes hätte ich dir sowieso gegeben.«

Zu Besuch im »Gasthaus Kupfer«

Das Gasthaus Kupfer in Stolberg haben schon viele Maler und Zeichner in Bildern festgehalten.

Farbig gestaltete Fächerrosetten, Sterne, Kreise, Schiffskehlen, Kerbschnitte zeigen die hohe Schnitzwerkkunst, die ein fünfhundert Jahre altes Fachwerkhaus zu bieten hat. Dicke, starke Eichenbalken, gebogen von schwerer Last, tragen klaglos durch die Zeit. Ob hier das Sprichwort entstanden ist: »Es wurde gelogen, bis sich die Balken bogen«, ist nicht überliefert. Blank geputzte Fenster spiegeln die Jahreszeiten wieder. Die Speisekarte läßt keine Wünsche offen. Wer möchte hier nicht einkehren? Neulich, beim Betrachten einer Bleistiftzeichnung des Gasthauses Kupfer, hat es mir die Sprache verschlagen. Nanu, was ist das denn? Die Eingangstür steht offen! Ich höre Stimmengewirr und Musik. Und riecht es nicht nach Rauch? Tatsächlich! Verblüfft sehe ich mich selbst hineingehen.

Es muß wohl Ende der fünfziger Jahre sein und ich bin dreizehn Jahre jung. Mit den Worten »Hol Sülze und Gehacktes fürs Abendbrot« hat meine Mutter mich zu Kupfer geschickt. Auf der einen Seite befindet sich der Verkaufsraum für Wurst und Fleisch, und auf der anderen ist die Gaststätte. Herr Hoffmann und seine Frau Lisbeth betreiben das Gasthaus und nehmen meine Bestellung entgegen.

»Es dauert noch eine Weile. Geh solange in die Gaststube und lass dir von Lisbeth eine Faßbrause geben.« Mein erster Besuch in einer Kneipe. Zigaretten-und

Zigarrenqualm schlägt mir entgegen. Waldarbeiter der Brigade »Scharfe Säge« genehmigen sich ihr Feierabendbier. Ich beobachte sie bei ihrem Treiben. Der Eine zündet sich eine »Turf« an, ein Zweiter bestellt eine Runde Bier. Der Dritte zieht sich seinen Pullover mit Norwegermuster aus. Es ist Herbst, Ende November. Die Männer haben festes Schuhwerk aus derben Leder an, und einer hat seinen Fuß davon befreit. Genau so derb riecht es auch. In einer Ecke liegen ihre Rucksäcke; Sägen und Äxte ragen heraus. Daneben liegen eine Aluminiumbrotbüchse und einige Eisenkeile. Sieben Holzfäller zähle ich. Junge und alte. Ihre Gesichter sehen müde aus. Ihre Hände sind zerschrammt und voller Schwielen. Wie ich höre, ist ihr Lohn gering.

Aus dem Radio klingt Musik. Vier beliebte Schlager werden angesagt. Hazy Osterwald bittet zum »Kriminaltango«, Margot Eskens ruft »Cindy, oh Cindy«, Bärbel Wachholz erinnert an »Damals« und Ivo Robic wartet auf »Morgen«.

Eine Runde Bier, ein Trinkspruch:

»Betritt der Forstarbeiter den Wald,
werden dem Borkenkäfer die Füße kalt.«

Prost, auf Ex. Nächste Runde nächster Trinkspruch:

»Wird auf den Keil geschlagen,
geht es dem Baum an den Kragen.«

Die Gespräche werden lauter so auch der nächste Trinkspruch:

»Ist die Säge stumpf ›
so ist Freizeit Trumpf.«

Je mehr Runden, desto mehr Sprachfehler. Einer meint, er habe schon viele geile Harzer gesehen. Lisbeth verbessert ihn und stellt richtig: es heißt Harzer Keiler. Wovon wird hier gesprochen? Ich bekomme eine Brause spendiert. Mein Trinkspruch löst Gelächter aus:

»Ist ein Schüler jetzt nicht
zu Hause, sitzt er bei Kupfer und trinkt Brause.«

Zwei haben nicht mitgelacht. Es sind die Volksvertreter, die als Bild über der Theke hängen. Der eine, Otto Grotewohl, sieht schon die ganze Zeit über missmutig dem Treiben zu. Der andere, Walter Ulbricht, hat den Blick auf das Bild mit dem röhrenden Hirschen gerichtet. Nach »Harzer Grubenlicht« und dem Trinkspruch:

»Fährt das Grubenlicht ein,
ist man bald nicht mehr allein«

schiebt mich Lisbeth zur Tür hinaus. »Du gehst jetzt zu deiner Mutti, ich habe die Sachen zusammen gepackt. Und bestelle Grüße an sie«. Mit einem *»Festmeter, ahoi«* verabschiede ich mich. Draußen ist es dunkel geworden. Schon viertel nach sechs. Vereinzelte Schneeflocken lassen den nahen Winter ahnen. Ich blicke zum Himmel. Da, ja genau da, der helle Lichtfleck – das kann nur der Sputnik sein.

Ich stehe vor dem Bild «Gasthaus Kupfer«. Wackelt da etwa die Gardine?

Müntzers Botschaft

Es durchfuhr mich wie ein Blitz, als ich beim Durchblättern des Fernsehprogramms auf diesen Hinweis aufmerksam wurde: MDR 10.Juli 2017, 22:05 Uhr:*Thomas Müntzer,* Historienfilm, DDR 1956.

Drei Wörter, ein Datum, eine Uhrzeit, zwei Kürzel versetzten mich schlagartig einundsechzig Jahre zurück.

Zurück in die Zeit,als ich noch Schüler der vierten Klasse in der Stadt war, deren berühmtester Sohn Thomas Müntzer 1489 geboren wurde – in Stolberg im Harz. Dass meine Schule seinen Namen trug, war Ehre und Verpflichtung zugleich, da wir Kinder zu seinen Idealen für mehr Gerechtigkeit zwischen arm und reich beitragen wollten. Wie, war zunächst nicht klar, klar war aber, dass es sich in meiner Klasse wie ein Lauffeuer herumsprach: »Nächste Woche läuft in unserem Kino ein Film über Thomas Müntzer.«

In heller Aufruhr, mit Herzklopfen und Spannung fieberten wir dem Ereignis entgegen. Bunte Kinoplakate warben, versprachen: Das wird ein Knüller, das wird ein Ding!

Und was das für ein Knüllerding wurde! Wann kamen wir Kinder denn schon mal ins Kino? Einfach mal so zwischendurch? Noch dazu, um einen Film zu sehen, der mit Müntzer aus Stolberg zu tun hatte!

Bange Fragen kommen auf. Wie wird er wohl aussehen? Hat er auch so eine Kappe auf wie das steinerne Denkmal am Bahnhof? Oder wie er in Büchern und auf Postkarten abgebildet ist? Wird mehr der Geistliche oder mehr der Anführer der Bauern in den Vordergrund gerückt? Wie wird der Bauernkrieg dargestellt?

In unserer Schule und auch in den Geschichtsbüchern wurde er als aufrechter Streiter für das Gemeinwohl und die Rechte des einfachen Mannes, als Verfechter des reformatorischen Gedanken, als Heerführer seiner Getreuen, als Revolutionär dargestellt?

Ja, und mit diesem Geschichtsbewusstsein sitzt die versammelte Klasse nun andächtig still im Kinosaal. Der riesige Vorhang schiebt sich zur Seite, und auf der Leinwand – ich schwöre, genau *so* habe ich mir Thomas Müntzer vorgestellt.

Das markante Gesicht, in den blauen Augen blitzen Zorn, Güte, Weisheit. Die Kopfbedeckung ist tatsächlich wie die vom steinernen Mann unten am Bahnhof. In ein schwarzes Priestergewand gehüllt, hält er redegewandt seine Predigten für alle verständlich ab. Benennt Unrecht, erklärt dem versammelten Volk, dass es nicht Gottes Wille ist, arm zu sein und zu bleiben.

Ich gebe zu, alles habe ich nicht so ganz verstanden. Bei bestimmten Dialogen und Redewendungen konnte ich den Sinn nicht erfassen. Ist ja auch ein schwerer Stoff! Aber schon als Viertklässler ist es mir nicht entgangen, um was es in dem Film ging: Armut und Reichtum. Herr und Knecht. Völlerei einerseits, Hunger und Elend anderseits. Erpresste Abgaben von denen, die ohnehin nichts haben. Goldene Kelche und Silberbestecke für Burg und Schloßbewohner. Gewollte Unwissenheit für die unterste Schicht, vererbtes Unrecht.

Und so sitze ich, nein, werde ich immer kleiner auf meinem Platz und möchte dem Mann auf der Leinwand zurufen. »Merkst du denn nicht, dass du von Verrat, Intrigen, böses Tun umgeben bist?«

Nein, er hört es nicht. Freunde werden zu Feinden. Luther, einst Mitstreiter, wird zum Gegner. Besetzte Fürstenhäuser schwören auf die Fahne der Unterdrückten dem Bundschuh Meineide. Sie wollen, dass Unterhändler der Bauernabteilungen ins offene Messer laufen. Wollen, dass ihr Verrat belohnt wird, wollen, dass der gefürchtete Gegner für immer zum Schweigen gebracht wird. Und so mußte es kommen, wie es kommt. Ehemals wichtige schlagkräftige Verbündete wenden sich ab; sie laufen scharenweise den Versprechungen der Fürsten von Sachsen, Mansfeld, Hessen und wie sie sonst alle heißen, hinterher.

So wird die Schlacht bei Frankenhausen zum aussichtslosen Kampf. Das Bauernheer wird vernichtend geschlagen, die grausame Rache der Fürsten ist die Folge. Gnade wird zum Fremdwort erklärt. Unter Tränen muß ich das Henkersschwert über Thomas Müntzers Kopf sehen. Der Regenbogen, zum Beginn der Schlacht als Zeichen des Himmels gedeutet, wurde kein Glücksbringer. Müntzer wird am 27. Mai 1525 hingerichtet.

Der Film ist aus. Schweißgebadet, mit voll geschneuzten Taschentüchern geht jeder still für sich nach Hause. Auf der Straße fällt mein Blick auf unser Schloß und ich frage mich, was der Besitzer in dieser Zeit für eine Rolle gespielt hat. Mein Weg führt mich auch am Geburtshaus des Revolutionärs vorbei. Dort erinnert eine Gedenktafel an den Sohn der Stadt. Habe ich mich davor verbeugt?

Lange beschäftigte mich der Film. Die Quintessenz: Wie lange wird der Weg der Gleichberechtigung, den

Müntzer beschrieben hat, sein? Wann wird er zum Erfolg führen? Wird seine Botschaft überall gehört? Will sie jeder hören?

Tja, so war das vor 61 Jahren. Die Fragen sind geblieben.

Und heute? Zunächst war es ein Wiedersehen mit bekannten Schauspielern, die ganze Generationen begleitet haben. Und mit was für Augen verinnerliche ich den Film, was für Eindrücke von damals halten einer Prüfung stand?

Wenn ein Regenbogen mit dem Blau des Himmels konkurriert, sehe ich in seinen leuchtenden Farben – und das ist bis heute so geblieben – das Symbol des Freiheitskampfes und denke dabei manchmal an den Film meiner Kindheit zurück. Entfallen war mir die Redewendung, die im Film so herrlich interpretiert wird: »Wenn ein Regenbogen sich zeigt, ist es die Verbindung von Himmel zu Erde, ist es die Verbindung von Gott zu Mensch.«

Friedrich Wolf lässt uns in seinem 1956 gedrehtem Film durch Müntzer sagen: »Wünsche, Hoffnungen, Träume wachsen wie der Mensch in der Zeit – niemals aufgeben. Vom Bodensee über das Allgäu nach Thüringen, von Sachsen bis nach Hessen – laßt uns eine Allianz schmieden, mit dem Ziel deutsche Einigkeit, einheitliches Recht länderübergreifend herzustellen.« (War das Mitte der fünfziger Jahre eine versteckte Botschaft in Bezug auf Ost-und Westdeutschland? Kommt nicht schon damals versteckte Kritik, Anklage am bestehenden SED-System nicht schon zum Ausdruck?)

Luther, und das kommt im Film klar zur Geltung, hat zur Durchsetzung der Bibel in der deutschen Sprache mit seiner Übersetzung aus dem Lateinischen beigetragen. Messen werden verständlicher abgehalten, die Muttersprache wird durch Kerzenschein und Weihrauch nachvollziehbar.

Müntzer folgte diesen Beispielen konsequent. Freunde waren die beiden nur kurze Zeit. Luther, einst Mitstreiter, schlug sich auf die andere Seite des Aufstandes. Wie sagten die Grafen und Fürsten unter Gelächter: »Aus dem Falken von Worms wurde eine Wittenberger Nachtigall.« Dennoch besaß die Nachtigall so viel Kraft, um zu jubilieren: »Schlagt die aufrührerische Brut tot.«

Müntzer indes wollte Falke bleiben, wollte nicht den Pakt mit den Landesfürsten. Er vertrat fest und unerschütterlich die Meinung: »Teilt, ihr Herren, gebt ab von eurem Reichtum, was ihr nicht erarbeitet habt, gebt Rechte! Wie steht es in der Bibel: Vor Gott sind alle gleich. Die Willkür muß ein Ende haben; laßt genug Land, Fisch und Fleisch denen, denen ihr nehmt. Nicht das ist Gottes Wille was ihr euch höhnisch an satter Tafel weinselig zugrölt: Sie leben vom Glauben, die Tölpel.«

Forderungen des gemeinen Volkes bleiben Wunsch; die Burgherren weichen keinen Zentimeter von liebgewonnen Pfründen ab. So kommt es unausweichlich zum einseitig geführtem Kampf. Der Bauernaufstand endet im Gemetzel, Kanonenkugeln nicht rohrtauglich, Schießpulver wird durch Sabotage unbrauchbar gemacht, kampferprobte Reiterstaffeln stehen nicht zur Verfügung.

Die letzten Bilder im Film zeigen – was leider heute noch in einigen Ländern Realität ist- schwarze Gesellen: Die Raben finden auf dem Schlachtfeld genügend Futter, sie krähen den Erschlagenen das Totenlied. Erhängte baumeln in den Bäumen, Rauchschwaden wabern drüber weg.

Und so lässt sich feststellen: Thomas Müntzer würde sich auch nicht heute verbiegen lassen. Er würde uns sagen: »Unrecht muß benannt werden, Brot und Wasser allen, Gleichberechtigung für Frau und Mann, Gottes geschaffene Welt ist keine Müllkippe, Meinungsfreiheit und Bürgerrechte sind nicht verhandelbar, beendet alle Kriege.« Und dann würde er noch hinzufügen »Schmiedet Schwerter zu Pflugscharen um, damit ich nicht zum zweiten mal geköpft werde!«

Rotdorn

Rotdorn säumt meine Straße
Erinnerung weckt jeder Schritt
kleine Stadt
die mich aufgenommen hat
Rotdorns Blütenpracht
hat meine Liebe zu dir entfacht

Seemannsgarn?

1952 wurde ich als Leichtmatrose auf dem Ausbildungsschiff *Grundschule Thomas Müntzer* angeheuert. Besiegelt mit Unterschrift und blühender Aussicht auf jährliche Beförderungen. Natürlich unter Vorbehalt.

So schaukelte ich zehn Jahre lang auf einem – meiner Meinung nach – hochseeuntauglichen Segler durch die Meere der Grammatik. Die Meere der Grammatik, mit ihren Untiefen, gefährlichen Strömungen und unglaublicher Sogwirkung, ließen mich als Matrose verzweifeln. Orkanartige Sprachwortbeugungsmöglichkeiten-und-vieles-mehr-und-was-weiß-ich-nicht-alles-noch schüttelten die *Müntzer* von links wie rechts gegen Bug und Mast in ihren Verstrebungen und machten seekrank. Damit kein Schiffbruch in schwerer See zur Katastrophe führte, manövrierte und navigierte der erste Offizier, um alle Klippen zu umschiffen, die das Meer der Sprachlehre schroff aufragen ließ. Und ich sollte das Schiff auf Zuruf steuern, quasi Kurs halten, sollte mein Ausbildungspatent diesem Sturm abringen. Zu meinem Leidwesen mußte ich das auch noch schriftlich festhalten. Bis auf das eine Mal – und ich erinner mich noch gut daran – ging es gründlich in die Hose. Meine grammatikalisch ausgebildete Lehroffizierin – ja, es gab auch Frauen an Bord – ging in ihrer Rolle vollends auf, nämlich: stramme Haltung, da Stock verschluckt, Kostüm mehrmals gewendet, da Stoff nach Krieg Mangelware, leuchtende Augen, da Vorfreude auf zu entdeckende Rechtschreibfehler, formulierender Mund, ein Worthagel an Grammatikwundertüten.

Ich hatte wohl eine ihrer Frage nicht richtig verstanden – ob ich die Schifffahrt nicht zu Ende bringen wolle? Doch, natürlich wollte ich! Nur mit drei F – sollte meine Schifffahrtausbildung beendet werden. Das wurde mir übel genommen. Als Vorgesetzte nahm sie sich das Recht heraus, mir das Ohr umzudrehen, und trichterte mir ein: »Merke: Schiffahrt immer mit zwei F, verstanden? Morgen mit vier F, oder was? Womöglich demnächst Bettuch mit drei Ts hintereinander? Eines für dich zum Einwickeln? Wo kommen wir denn da hin! Da käme ja nie Land in Sicht. Unglaublich, so was!«

Ab da schwor ich mir, auf dieser Galeere heuere ich bei der nächsten Gelegenheit ab.

Vom Warten und Erwarten

Es ist die Zeit, als wir Kinder fliegen lernten und über allem lag der Duft des Eau de Parfum »Schwarzer Samt«, der fünfziger Jahre.

Es klingelt zur großen Pause. Die Mathematikstunde ist endlich vorbei. Raus auf den Schulhof, Leberwurstbrot und noch ein Leberwurstbrot soll die kommenden geistigen Aktivitäten steigern. Zusammengeknüllte Zettel gehen von Hand zu Hand. Auf allen steht die gleiche Frage – willst du mit mir gehen? Auch ich erhalte so ein Papierknäuel mit solch hochexplosiver Mitteilung. Doch wer sollte das sein?

Ein Mädchen aus einer anderen Klasse gab sich als die Auserwählte zu erkennen.

In den nächsten Tagen folgte ein konkreter beschriebener Papierfetzen. Da stand zu lesen: Können wir uns morgen um drei am Stadttor treffen? Ja, wir können!

Von weitem sehe ich schon ihr geblümtes Kleid. Doch plötzlich bricht Hektik aus. Wie soll ich ihr gegenüber treten? Meine Stimme tiefer wirken lassen? Lässig eine Zigarette im Mund? Doch woher einen Beweis männlicher Tugend nehmen? Für Eis reichte das Geld auch nicht! Soll ich ihr eine Runde Fahrrad fahren anbieten? Was habe ich überhaupt zu bieten? Ich muß doch mal nachsehen, was sich in meinen Hosentaschen befindet: Ein kariertes gebrauchtes Taschentuch, Bindfaden, drei zusammengeklebte Drops, Autogummischlauchstreifen für eine Gabelschleuder, zwei Hirschhornknöpfe, eine Indianerfigur und ein Taschenmesser. Konnte ich damit punkten? Zu allem Unglück stellte ich fest, das Loch im Kniestrumpf, hinten an der Ferse, wurde immer größer.

Tja, nun stand ich da mit meinem Talent. Aber mein Freund der Baum, kam mir zur Hilfe.

Mit dem Taschenmesser ritzte ich unsere Anfangsbuchstaben, umrahmt von einem Herzen, ins Holz.Na, wenn das nichts ist!

Die Turmuhr schlägt sechs mal. Schon so spät? Das gibt's doch nicht. Eine Stunde Unterricht dauert da wesentlich länger. Die nächsten Tage bin ich nicht da, unterbreite ich ihr schweren Herzens. Ich werde auf dich *warten,* tröstet sie mich. Diese Worte wirken wie Blitz, Hagel, Donner, der Himmel ist nah, ich kann fliegen und Bäume ausreißen, mit zugegebenermaßen weichen Knien und Loch im Strumpf, inklusive. Überwältigt von solch Glücksgefühl, gipfelt es in großzügigem Teilen der Dropse und zwei glückliche Kinder machen sich auf den Heimweg.

»Na, bist du auch schon da. Sind deine Hausaufgaben gemacht? Oder warst du mit mit der Kleinen, zwei Straßen weiter wohnenden, zusammen? Alles für morgen erledigt? Nein?, ich sehe an deiner Nasenspitze das noch nichts fertig ist!«

Jetzt war ich erledigt. Woher wußte meine Mutter von meinem Geheimnis?

»Da staunst du, was. Hast du gedacht, ich merke nichts? Damit wir uns richtig verstehen, ich *erwarte* von dir, dass du deinen Pflichten nachkommst. Dein Vater liegt im Krankenhaus, jetzt mußt du ran. Also für die nächste Zeit ist Holzstapeln angesagt. Kartoffelschalen und der andere Abfall ist runter zu bringen, Asche nicht zu vergessen, Wasser bereitstellen, die Leitung zu uns in die dritte Etage ist defekt – der Handwerker kommt erst morgen, wir beide wollen dein Kinderzimmer tapezieren, morgen fängst du an die alte Tapete abzureißen. Oberste Priorität haben deine Schularbeiten. Haben wir uns verstanden? Das *erwarte* ich nicht nur, sondern das muß für dich eine Selbstverständlichkeit sein!«

Rumms, das hat gesessen. Aus der schöne Traum von Dropsen, von endlos langen, nicht enden wollenden Spaziergängen, vielleicht sogar mit Händchen halten.

Tja, und so habe ich *warten* und *erwarten* gegenüber gestellt. Es war die Zeit des Eau de Parfum »Schwarzer Samt« und wir Kinder lernten fliegen.

Was für ein warmer Landregen!

Halte ihn fest, den Augenblick!

Es ist Mai. Der Flieder ist fast verblüht, nur der schwere süße Duft erinnert noch an seine Pracht. Der Ginster leuchtet goldgelb und die Kastanienkerzen blühen weiß und rot. Frisches lindgrün schmückt Baum, Gras und Strauch. Pfingstrosen leuchten purpurrot.

Das ist die Zeit für einen Spaziergang! Brauche ich einen Schirm? Wozu? Ich bin doch nicht aus Zucker! Ich höre den Regen, höre das leise Fallen auf Blatt, Halm und Stein, spüre seine Nässe auf Haut und Haar, schmecke den Tropfen, rieche seine reine, von Pollen befreite klare Luft, ich atme tief durch.

Brummt da nicht ein Maikäfer? Der Freund längst vergangener Tage, als Mädchen sich noch freuten über sein Krabbeln in ihren Haaren?

In diesem Moment bin ich Kind.

Sehe mich durch den Regen über Wiesen laufen, frischen Sauerampfer mampfen, aus Löwenzahnblüten und Gänseblumen einen Kranz binden. Ein Strauß Wiesengräser, schnell noch gepflückt, der soll die gute Stube schmücken! Die Wiese dampft und riecht würzig. Der feine Nieselregen macht mir, macht uns Kindern nichts aus. Außer Hemd, Hose, Kniestrümpfe und Schuhen natürlich. Alles durchnässt.

Na, da wird man doch sicher krank! Wovon? Von dem bisschen Regen?

Über dem Ofen zu Hause ist eine Leine gespannt und wartet nur darauf, alles zu trocknen. So hänge ich dann auf der Leine. Also nicht ich, sondern Hemd, Hose und Strumpf. Schuhe werden mit Zeitungspapier ausgestopft und bekommen später noch ihr Fett weg. Mir ist auch nicht entgangen, dass die trocknende Wäsche im Dialog mit der Fußbekleidung steht. Und was haben sie sich zugeflüstert? Daß sie sich auf ein neues Abenteuer auf der Wiese freuen!

Ja, in diesem Moment war ich Kind!

Ich genieße den Spaziergang mit seinem warmen Landregen. Und was soll ich sagen? Ich fühle mich – Entschuldigung – sauwohl!

Zu schön um wahr zu sein (Das Stolberger Zitat)

Zwischen Himmel und Erde, also zwischen oben und unten, sind Zitate, Redewendungen, Aphorismen, Sprichwörter, übereinander gestapelt, zu finden.

Turmhoch, fein verpackt, nummeriert, nach dem ABC der Völker ausgerichtet, bieten Bonmots einen unermeßlichen Schatz für alle Gelegenheiten.

So entstand auch in Stolbergim Harz aus einem Irrtum heraus – dem Himmel sei Dank – ein Sinnspruch.

Das geflügelte Wort entstand Anfang des siebzehnten Jahrhunderts. Seitdem wird es von Generation zu Generation weitergegeben und gern sprichwörtlich oder gedanklich angewendet. Es liegt auf der Zunge, es ist in aller Munde, wird bösartig oder liebevoll gebraucht.

Nämlich: »Halt den Schnabel«

Es war im Jahre 1728, als dieses geschützte sprachliche Kulturgut entstand.

Ein sonniger Maimorgen versprach dem Dichter Johann Gottfried Schnabel, im Dienste des Grafen zu Stolberg, griffiges Gedankengut auf gräflichem Papier festzuhalten.

Fabulierend und dabei laut gestikulierend näherte er sich der herrschaftlichen Pferdetränke

Ein Entenpärchen döste geruhsam kreisend auf dem Wasser. Von der Wortflut des Poeten aufgescheucht, stimmte der Erpel Zeter und Mordio an, als wäre der gräfliche Koch mit Messer und Topf im Anmarsch.

Die andachtsvolle Morgenstille war dahin; der Graf fühlte sich beim vornehmen Frühstück gestört.

Er zürnte mit drohender Gebärde aus dem geöffnetem Fenster. Die geballte Faust unterstrich seine folgenschwere Worte: »Halt den Schnabel.«

Doch wer war damit gemeint?

Verdutzt dreht das Entenoberhaupt dem Grafen den Kopf zu. Noch verdutzter, in strammer Haltung, den Federkiel in der rechten Hand, das gräfliche Papier in der Linken, sieht der irritierte Untertan fragend seinen Herrn an.

»Beide«lautet die knappe Antwort, Fenster zuschlagend.

In diesem Moment ist Johann Gottfried Schnabel als Namensgeber eines geflügelten Ausspruchs in die Geschichte eingegangen. Er ist quasi der lebendige Beweis.

Dem Stolberger Hofgesinde, Wohlstand des Grafen vermehrend, ist der Wutausbruchihres Herrn nicht entgangen, und ihnen ist es zu verdanken, dass die Geschichte lachend, unter vorgehaltener Hand, unters gemeine Volk gebracht wurde.

Über das fürstliches Stolberger Revier hinaus, über Landesgrenzen hinweg, war es nur eine Frage der Zeit, bis das nunmehr sprichwörtliche Wortgebilde Einzug in unseren täglichen Sprachgebrauch nahm:»Halt den Schnabel!

Dank dir, deutscher Dichter
Johann Gottfried Schnabel. (1692 – 1752)
Augenzwinkernd gemeint und aufgeschrieben

Ja, so war das

Ich hatte einen Trabant aus Zwickau

Schmuck sah er aus. Zweifarbig, mit verchromten Zierleisten und Stoßstangen, eben ein »601deluxe«. Was war das für ein Ereignis – unsere Familie hat eine eigene Rennpappe! Eines Tages stand er auf dem Hof, abgekauft von einem Freund. Wie konnte er sein Lieblingsstück verkaufen? Ganz einfach, seine Bestellung für einen neuen Trabant war nach fast elf Jahren zuteilungsreif. Und so waren wir uns schnell einig. Der luftgekühlte, 10900 Mark teure Zweitakter wechselte den Besitzer. Der Preis war der eines Neuwagens, plus fünfzig Westmark, plus einer Flasche Schnaps. Die Flasche wurde noch an Ort und Stelle auf Geschmacksnuancen überprüft.

Schnell sind die behördlichen Formalitäten erledigt und einem Ausflug steht nichts im Wege.

Einsteigen, bitteanschnallen, der Pilot zündet die Rakete – immerhin 26 PS. Lächeln nach allen Seiten, nicht überholen lassen, Radio einschalten – ja, sogar mit Musik fährt dieser flotte Käfer, und erst die Kurvenlage! Jetzt aber langsam fahren! Da steht ein Volkspolizist mit gerunzelter Stirn und sieht unseren knatternden Auspuffwolken nach. Ist er neidisch? Vielleicht wartet der Hüter des Gesetzes schon seit zig Jahren auf so eine Rennmaschine?

Nicht so schnell den Berg runter, sonst besteht die Gefahr, dass die Hinterräder die vorderen überholen. Den

Berg hoch, aber schön langsam, um die vorbeihuschende Umgebung zu genießen.

Tanken? Ja, das auch. Aber das richtige Benzin-Öl-Gemisch. Aber Achtung, nicht zu viel Öl, da sonst verpestet fetter Abgasqualm die thüringische Tiefebene.

Reparaturen, abr was für welche? Mit aufgekrempelten Hemdsärmeln vor der aufgestellten Motorhaube wurde nach Siebzehner – Maulschlüssel, Zange und Hammer verlangend – so ist noch jedem Motor des VEB Sachsenring Zwickau die Lust auf Reparatur vergangen.

War denn auch eigentlich Platz im Kofferraum? Natürlich! Im Kofferraum wurde heiß begehrte Ware transportiert: Thüringische Wurst aus dem Eichsfeld, hochprozentiges Grubenlicht und Harzer Käse aus dem selbigen Landstrich, Dresdner Stollen, bemalte sorbische Ostereier, geräucherter Aal von der Ostsee, Schnitzkunstwerke aus dem Erzgebirge. Ja sogar die Ziege Else hat den Umzug von Oberdorf ins benachbarte Unterdorf heil überstanden. Vorteil dieser Aktion: Hupen hatte sich erledigt!

Der sportliche Kleinwagen – er wurde zu Ehren des ersten sowjetischem Sputniks auf den Namen Trabant getauft – läuft und läuft wie sein westdeutscher Bruder VW.

August Horch gründete Anfang des 20. Jahrhunderts die Horch Motorenwerke in Zwickau. Aus ihr gingen der Audi, der P50 und später der Trabant hervor.

In den Schubladen der Konstrukteure lag die Weiterentwicklung des Trabant, neue Modelle, doch Günter Mittag, der weitsichtige Wirtschaftsstratege unseres Arbeiter –und Bauernstaats, befand: Brauchen wir nicht!

Der Trabant bleibt so in der Serienproduktion, wie er ist. Basta!

So hatten wir uns dann eingerichtet. Der Werkdirektor, der Wissenschaftler, der LPG- Vorsitzende, seine Melkerin, der Maurer – alles wartete auf Zusage seiner Bestellung oder war schon stolzer Besitzer eines Trabis.

Wie glänzte doch das geschwungene S im Chromkreis auf der Motorhaube in der ungarischen Sonne oder in den Straßen von Prag oder an der polnischen Ostsee. Zeigte doch das geschwungene S: Hier fährt ein Auto aus dem VEB Sachsenring Zwickau.

Der westdeutschen Verwandtschaft, Freunden und Bekannten war das Material, aus dem der Trabant bestand, nicht geheuer. Das Gemisch aus Baumwolle und aus harzähnlichem

Kleber überzeugte nicht. Dabei war das doch eine feine Sache. Es rostete nicht, es gab keine Beulen, und wenn doch ein Loch auftrat, konnte man ein Pflaster drüber kleben, bis zum nächsten ausspachteln und lackieren. Und auf die immer wieder kehrende Frage»Weicht denn die Karosse im Regen nicht auf?« lautete die Antwort: »Na klar, dann wird alles trocken geföhnt.« Damit standen die Fragenden im Regen.

Heute ist er museumsreif. Ein Stück deutscher Geschichte, der geliebte Zweitakter, der luftgekühlte Ottomotor aus der DDR.

Ja, ich hatte mal einen Trabant aus Zwickau.

Kulturerfahrung

Eine negative Kulturerfahrung der besonderen Art – mit weitreichenden Folgen für den Arbeiter- und Bauernstaat – erlebte ich 1975.

Mit der Deutschen Reichsbahn unterwegs nach Halle/ Saale, vorbei an Dörfern, kleineren Städten, Stromtrassen, weidenden Kühe, Traktoren mit landwirtschaftlichem Gerät im Schlepptau, reifenden Kornfeldern, LPG-Stallungen. Eigentlich alles wie immer.

Plötzlich, ich traue meinen Augen nicht – eine Losung an einer Stallwand:

»Ohne Gott und Sonnenschein bringen wir die Ernte ein«

Donnerwetter! Wer ist »wir«? Der Bauer auf keinen Fall! Er braucht Licht, Wärme, Regen. Können ohne die lebenspendende Kraft der Sonne Korn, Kartoffeln, Rüben, Gemüse und Obst unseren Tisch decken? Unser täglich Brot? Oder sollte Gott durch die Partei ersetzt werden? Sollte etwa suggeriert werden, daß neben der SED für nichts und gar nichts Platz ist? Ein Angriff gegen die Kirche?

Ein Eigentor mit schriftlicher Ansage!

Nicht die geistige oder die künstlerische Kultur wurde in Frage gestellt, nein, hier in diesem konkreten Fall war es über Jahrhunderte überliefertes landwirtschaftliches Kulturgut – der Natur abgerungen.

Die Gegenreaktion ließ nicht lange auf sich warten. Pfarrer Brüsewitz aus Zeitz, (Sachsen-Anhalt) wartete mit der Gegenlosung auf:

»Ohne Regen und Gott,
geht die ganze Welt bankrott«.

Aus Protest über die Unterdrückung der Kirche verbrannte sich Pfarrer Brüsewitz öffentlich vor der Michaeliskirche in Zeitz am 18.8.1976. (sein Todestag war der 22.8.76) Die westdeutsche *Tagesschau* ließ blaß werdende Ostseher und –hörer dies Fanal wissen, das zum Leidwesen des SED- Regimes nicht länger geheim gehalten werden konnte.

Und was wurde im Arbeiter –und Bauernstaat berichtet? Wozu sah man sich genötigt?

Die Medien stellten lapidar fest: Brüsewitz war ein Geisteskranker. Und Erich Honecker ergänzte: »Einen der größten konterrevolutionären Akte gegen die DDR!«

War das Geschehene für mich eine negative Kulturerfahrung? Und ob!

Nur die Schwalben sind frei

Sein Vater war Bauer, der Opa war Bauer, alle seine Vorfahren haben die Ackerfurche gezogen.

Haben gesät, geerntet. Sommer wie Winter. Arbeit von früh bis spät. Krumm waren ihre Rücken durch kräftezehrende Anstrengungen. Schwere Ackergäule zogen Pflug und Egge. Schweiß von Tier und Mensch düngte steinigen Boden. Schwielen überzogene Hände prüften reifendes Korn, sagten: Bald kommt die Stunde des Schnitters, die Hauptsaison eines jeden Bauern. In der kalten Jahreszeit ziehen Kaltblüter gefällte Baumstämme aus unwegsamen steilen Waldgelände durch kniehohen Schnee. Finanzieller Nebenerwerb, sauer erarbeitetes Deputatholz für strenge Winter. In den vom Wetter gegerbten Gesichtern spiegeln sich die Jahreszeiten wieder. Bartstoppeln überziehen tiefe Falten, sichtbare Zeichen eines Zwölf –bis –vierzehn Stunden-Tages. Müde und kaputt vom vollbrachten Tageswerk. Kurz ist die Nacht; um vier Uhr in der Früh beginnt alles von vorn. Schnell einen Becher Malzkaffee, Brot mit Rübensaft, dann das Vieh füttern, die Ställe ausmisten, die Kühe von Hand melken, die Pferde anspannen, den Leiterwagen mit Getreidesäcken beladen. Der heutige Vormittag gehört dem Müller. Rückweg über die gemähte Wiese – Heu wenden. Brotzeit nebenbei, am nahe gelegenen Weiher Pferde tränken. Bauernalltag.

Fluchen und hadern mit ihrem Schicksal ist keine Seltenheit. Eingezwängt und fest geschnürt ist das Korsett, alles unterliegt festen Abläufen. Die Natur ist der

Arbeitgeber, sie bestimmt die Regeln, ein Ausbrechen ist unmöglich.

Nur die Schwalben, immer wiederkehrende Gäste sind frei.

Und mit so einer Bürde wurde Kurt Mitte der neunzehnhundertdreißiger Jahre geboren, hat mit der Muttermilch das Leben auf dem Hof seiner Eltern aufgesogen, ist männlicher Nachwuchs, ist automatisch Erbe von viel Land, von viel Arbeit.

Holzpferde sind sein beliebtes Spielzeug, später versteckt er sie in Schubläden.

Man kann ja nicht wissen – vielleicht für später!? Schulzeit Klasse erst eins bis vier, dann fünf bis acht gemischt in einem Klassenraum. Kirmes, Kettenkarussell und Schießbuden mit dem zu erwartenden Papierblumengewinn ist der Jugendzeit vorbehalten.

Pferde werden seine Leidenschaft, später kommen Brieftauben hinzu. Kurt ist nun ein junger Mann.

Eine Frau tritt in sein Leben, seine Frau. Das große Haus mit angrenzenden Stallungen und Garten wartet auf Nachwuchs. Vergebens. Die Ehe bleibt kinderlos.

Anfang der sechziger Jahre sollen und müssen die Eigentumsverhältnisse der restlichen privat verbliebenen wirtschaftenden Bauern abgeschlossen werden. So der Beschluss der SED- Führung. Vater und Sohn Kurt müssen Ländereien in die landwirtschaftliche Produktionsgenossenschaft überführen. Kurt ist ab sofort LPG-Mitglied.

Die Arbeit in der Genossenschaft ist genau so anstrengend wie zuvor. Ende der achtziger Jahre kann Kurt nicht mehr. Er fängt in einem Sägewerk eine leichtere Tätigkeit an. Seine Berufung, seine Bestimmung als Bauer muß er aufgeben. Sein Rücken und Becken ächzen: Es geht nicht mehr. Verrückt nach Pferden wie er ist, tauscht er schwere Arbeitspferde gegen leichtere Warmblüter. In dieser Zeit erlebt Kurt nicht nur seine eigene Wende, sondern auch eine andere Wende von historischen Ausmaß. Die DDR gibt es nicht mehr.

Enteignete Ländereien werden wieder an die rechtmäßigen Besitzer zurückgegeben. So auch Kurt. Nun ist er wieder reich an Feld, Wiese und Acker. *Was soll ich aber, was kann ich mit der Scholle, die seit Generationen im Familienbesitz ist, noch anfangen? Meine Kraft ist verbraucht.* Die Lösung ist ein Pachtvertrag mit einem Bauer, der Interesse zeigt. Für Kurt bleibt die Leidenschaft zu Pferden. Er bietet Kremserfahrten an. Dennoch täuscht es nicht darüber hinweg, dass das auch mit Arbeit verbunden ist: die Rundumversorgung von allem, was auf dem Gehöft kreucht und fleucht. Seine Frau mahnt:Tritt kürzer!

Mehrere Krankenhausaufenthalte zermürben, zehren an der Gesundheit. Offene Beine, Blasenleiden, Nierenleiden, Hüftoperation, ein krummes Rückgrat. Schmerzgeplagt muß er wohl seinen Entschluß gefaßt haben: *Ich will und kann nicht mehr.* So steht es im Abschiedsbrief.

Seinem Umfeld täuschte er vor, dass alles bestens sei. So ahnte auch niemand, was er vor hatte, als er die Pferde verkaufte und der Taubenschlag geschlossen wurde. Es sollte so aussehen, als würde er kürzer treten. Für ihn stand fest: Ein Leben mit Schmerzen, mit Tabletten, ohne die innig geliebten Vierbeiner? Niemals! Über dem Pferdestall, da, wo früher Korn trocknete, war ein Strick Zeuge der Tat.

Viele Jahreszeiten waren sein Freund und Gegner. Diese Naturelemente hatten bei ihm eine doppelte Bedeutung: Bauer sein.

Im Rückblick scheint seine Vergangenheit aus der Zeit gefallen zu sein, die Gegenwart war nicht reparierbar, die Zukunft undenkbar.

So starb Kurt mit dem Wissen, der letzte Bauer seiner Familie zu sein. Es war ihm nicht vergönnt, den Staffelstab an Nachkommen zu überreichen.

Kurts Frau starb wenige Jahre später. Haus, Hof und Land erbt ihre Verwandtschaft.

Heute weht ein Wind über seine Ländereien, er erzählt von Kurts schwerer Arbeit und von der Liebe zu seinen Pferden. Hat die Wolke nicht die Form einer Taube?

Kurt's Freitod. Wie konnte es dazu kommen?

Ein Versuch, eine Antwort zu finden.

Schulzens Brückentag

Still murmelt der kleine Bach unter der alten Brücke »Freiheit«, eine Eisenkonstruktion, Zeuge handwerklichen Geschicks. Der Volksmund gab ihr den Namen, weil Ende des auslaufenden 18.Jahrhunderts ein Gefängnis auf der einen Seite und ein Freudenhaus auf der anderen Seite stand. Häftlinge überquerten nach ihrer Entlassung freudig die Brücke. Sie wechselten im Laufschritt auf die Seite über, wo sie mit offenen Armen von leichten Mädchen mit honigsüßen Worten empfangen wurden: »Willkommen in meiner Freiheit.« Was lag da also näher, als der Brücke den Namen *Freiheit* zu geben?

Heute wohnen im umgebauten Gitterhaus friedliche Bürger mit integrierter Kneipe *Zur letzten Instanz* (Pils 0,50 Pfennig, Bockwurst mit Kartoffelsalat 1,80 Mark). Der Weg dahin führt nach wie vor über das verbindende Eisenkonstrukt. Auch der Name ist geblieben: *Freiheit.* Assoziationen zur heutigen und damaligen Nutzung des Gebäudes sind zulässig.

Das Haus gegenüber gibt es nicht mehr; geblieben ist aber das menschliches Verlangen.

Und nun: ein Zwischenfall, ein gravierendes, denkwürdiges, nachhaltiges Ereignis.

Laut schreit ein Mann auf der *Freiheit* in gebückter Haltung um Hilfe. Aus der Kneipe *Zur letzten Instanz* kommt die Person, die sich in einer aussichtslosen Lage befindet.

Volkspolizei Obermeister Schulz, Auge des Gesetzes, beendet sein Rundgang.

Feierabend! Abendbrotzeit! Doch ist da nicht Geschrei zu vernehmen? Na, das fehlt mir gerade noch! So ein Mist aber auch! Soll ich mich taubstellen? Es einfach ignorieren? Zu spät! Minchen Gerlach kreuzt seinen Weg und deutet dem ABV*, mit den Händen, an denen Einkaufsnetze hängen, zielgenau die Richtung an.

Ausgerechnet Minchen, die sonst nie um diese Zeit hier entlangkommt, hat mir mein Feierabendbier vermasselt, denkt der Volkshüter.

»Bürgerin Gerlach, immer wachsam sein, jawohl, gut beobachtet, weiter so, werde mal nachsehen. Guten Tag noch«, fügt er laut an und läßt damit durchblicken: Du kannst gehen.

»Ja, was ist denn hier los? Wen haben wir denn hier? Bürger, Ausweispapiere, Name, Wohnort, aber dalli! Und warum knien wir denn vor dem Eisengitter der *Freiheit*?«, herrscht das kommunale Gesetz die jammernde Gestalt an. Unverständliches Gebrabbel ist die Antwort.

Beim Nähertreten an das Eisengeländer, sieht der mit Orden und silbernen Sportabzeichen behängte Genosse, in volkseigenen, gewienerten schwarzen Lederstiefel (Größe 43),wen er vor sich hat.

»Du bist es, Kurt? Das hätte ich mir doch gleich denken können! Unverwechselbar dein kariertes Hemd, die Arbeitsschuhe, Hosenträger, die grüne abgetragene Cordhose, die ich dir eigentlich mit einen Tritt in Hintern veredeln müßte. Was machst du da.«

Nur mühsam ist zu verstehen, was Kurt bewogen hat, sich in so eine Lage zu bringen.

---

* Abschnittsbevollmächtigter (Polizei)

»Wechselgeld ist mir aus der Hose gefallen, 4 Mark und 68 Pfennig, muß wohl ein Loch drin sein. Geld für ein paar Pils. Nicht auszudenken, wenn das den Bach runtergegangen wäre. Also b in ich gleich den rollenden Geldstücken hinterhergerannt, hab mich gebückt, Hände und Kopf durch das Brückengittergitter gesteckt, das Geld gesichert, und nun stecke ich in der eisernen Umklammerung fest und komme mit dem Kopf vor lauter Anstrengung und geschwollenen Ohren nicht mehr zurück. Ich bin ein Gefangener der *Freiheit*« jammert er.

»Halts Maul, Kurt, nicht so laut, in diesen Zeiten ist das Wort *Freiheit* verdächtig.«

Inzwischen interessieren sich immer mehr Leute, was sich auf der Brücke abspielt.

An bissigen Kommentaren und Ratschlägen mangelt es nicht.

»Was steckt der alte Esel seine Nase durch die Eisenstäbe? Wollte wohl sehen, wie die Freiheit von hinten aussieht? Und? Wie sieht sie aus? Und das alles wegen ein paar lumpigen Aluminiumchips? Die gehen doch sowieso bald den Bach runter.«

»Bürger, bitte weitergehen, hier gibt es nichts zu sehen«, so langsam dämmert es dem Gesetzeshüter, dass er die Sache nicht im Griff hat. Schnelles Handeln wird nun vom geschulten Schild –und –Schwert –Vertreter abverlangt.

»Kurt, halte aus, wir müssen das Eisen mit dem Flextrennjäger durchsägen. Ich rufe die VP**-Zentrale an.«

»Genosse Oberwachtmeister, haben sie im Dienst ge-

** Volkspolizei, Volkspolizist

trunken? Habe ich sie richtig verstanden? Sie wollen die *Freiheit* vor unserem Jubiläum ›Vierzig Jahre DDR‹ in Einzelteile zerlegen lassen?«, fragt die rund um die Uhr besetzte Zentrale.

»Nein, um Himmels Willen, nein, ich will doch die *Freiheit* nicht in Einzelteile zerlegen!Ich will nur ein Gitterstab heraus sägen. Bitte kommen.« Mit blaßem Gesicht und auf wackligen Beinen läßt sich das staatliche Organ seine Info bestätigen.

»Egal. Ich schicke Ihnen Feuerwehr und Bereitschaftspolizei. Das volle Programm. Ende«, krächzt der VP – Diensthabende.

Durch Tatütata gewarnt, rücken die Schaulustigen zur Seite. Feuerwehrmänner in Einsatzuniform, ausgestattet mit Helm, Sauerstoffgerät und Beil, bedienen komplizierte Technik.

»Hochstrahlwasserdüse Eins in Bereitschaft, dreifacher Wasserschlauchverteiler angeschlossen, einhundert Meter Schlauch ausgerollt, Stromaggregat in Betrieb«, tönt es aus verschiedenen Richtungen.

Bereitschaftspolizei, die singenden Gummiknüppel, warten auf trillerpfeifendes Einsatzkommando.

Dienstgradmäßig untergeordnete Polizeimänner fragen sich: »Was sollen wir hier? Wem geht es an den Kragen? Wer soll heute verdroschen werden?« »Die *Freiheit* klemmt«, lautet die schwammige Antwort. Was, hier auch?, denkt sich so mancher.

Oberwachtmeister Schulz merkt nun, dass es ihm aus der Hand gleitet. Das geht nicht gut. Es dreht sich doch bloß um den beklagenswerten Kurt, der noch immer mit dem Kopf zwischen dem Vorkriegseisen feststeckt. Seine

Ohren schwellen vor Anstrengung immer stärker an, sie sind rot wie Tomaten und machen seine Befreiungsversuche unmöglich. Rückwärts geht's nimmer, vorwärts aber auch nicht. So ähnlich hatte es doch noch neulich in den Nachrichten geklungen. Wer war das doch noch? Und da fällt es Schulz wieder ein. Automatisch strafft sich seine Gestalt und nimmt Haltung an. Das war doch mein oberster Chef, E.Honecker. *Vorwärts immer, rückwärts nimmer.* So hat er getönt; das hilft mir hier aber auch nicht weiter, überlegt der Uniformierte und steht wieder *gerührt.*

Und nun auch das noch.

»Alles hört auf mein Kommando«, so klingt es forsch von links. Der erste Kreissekretär läßt keinen Zweifel, dass der *Freiheit* geholfen werden muß, und reißt ab sofort alle Maßnahmen an sich.

»Was ist hier los? Meldungen, sofort.«

»Genosse, ein Bürger befindet sich mit eingeklemmten Kopf im Gitter der *Freiheit* «, meldet VP Schulz und knallt die Hacken zusammen.

»Nur der Kopf? Wie konnte das passieren?«

»Er ist dem Geld nachgelaufen, also seinem Kleingeld. Es ist ihm aus der Hose gefallen, und dem ist er nachgerannt, und nun – Sie sehen ja selbst.«

»Welche Möglichkeiten gibt es, diesem Individuum zu helfen? Vorschläge!«

Aus der Menschentraube heraus kommen die tollsten Vorschläge.

»Ohren ab, mit der Hochdruckdüse durchs Gitter jagen, eine Woche bei Wasser und Brot, damit er dünner wird, kräftig in den Hintern treten, mit Schmierseife …«

Weiter kommen die Zwischenrufer nicht; der kreiselnde Sekretär blickt wütend in die Runde.

»Wir brauchen eine Eisensäge«, befindet VP Wachtmeister, »einen Trennjäger.«

»Ein was? Ein Jäger? Sie wollen schießen?

»Nein, eine motorbetriebene Säge.«

»Aber ein Loch in der *Freiheit*? Sind sie verrückt geworden? Wie soll das zum vierzigsten Jahrestag der Republik aussehen?«

»Mutti, sieht das dann so aus, wie wir im Fernsehen gesehen haben, als Soldaten in Ungarn ein Loch in den eisernen Zaun zur österreichischen Grenze …?« Mit zwei gezielten Kopfnüssen wird ein Junge zum Schweigen gebracht und eine Frau mit Kind entfernt sich eilig.

Aus der nahe liegenden Autowerkstatt »Trabantschmiede«, wird ein Mechaniker mit benötigten Werkzeug herbeizitiert.

»Über das entstehende Loch werden wir ein Plakat mit unseren Errungenschaften befestigen. Besser noch: eine Botschaft, die die Verbundenheit mit Partei und Arbeiterklasse zum Ausdruck bringt«, entscheidet der erste Kreissekretär.

Laut, mit hohem Pfeifton, funkensprühend trennt der Automechaniker das klemmende Eisengitter durch. Vorher flüsterte er Kurt zu: »Das kostet dich drei Runden Bier, drüben in der *Instanz*. Du weißt doch, so eine Säge kann auch mal schnell in eine andere Richtung abrutschen. Und nun mach die Augen zu, halt den Mund und mach dir nicht in die Hose. Haben wir uns verstanden?«

Kurt nickt. »Alles, was du willst. Freibier für eine Woche.«

Unblutig verläuft die Befreiung, freudig schlägt sich Kurt die Hände vors Gesicht. »Ich könnte euch alle umarmen«

»Es lebe Kurts Freiheit«, ruft eine Volkesstimme. »Und meine auch«, ruft eine andere.

»Wir alle lieben die Freiheit« ruft das versammelte Volk.

»Bürger, keine weiteren Parolen. Ende der Versammlung. Alle gehen friedlich nach Hause«,

brüllt der 1.Kreissekretär, der sich nach dieser schwerwiegenden Entscheidung eine Beförderung in den Bezirksrat ausrechnet.

Als letzter verläßt gedankenschwer Oberwachtmeister Schulz sein Revier. Noch zwei Jahre, dann können mich mal alle. Rente wartet. Sollen sich doch andere mit der Freiheit herumärgern.

Gekommen ist es viel schneller.

Zwei Wochen später demonstrierten Bürger der Stadt auf der Brücke *Freiheit* für ihre Freiheit.

Der ehemalige 1.Sekretär umrundet nun als Wachschutzmann das Haus, in dem er früher Befehle und Anordnungen – alles zum Wohle der Bürger versteht sich – willig ausgeführt hat. An die erhoffte Beförderung ist in nächster Zeit nicht zu denken. Aus VP Oberwachtmeister Genosse Schulz ist nun ein Herr Schulz geworden. In Rente ist er ein Jahr früher gegangen als gedacht.

Die Brücke gibt es immer noch. Das Loch wurde kunstgerecht geschlossen. Nur eine kleine Schweißnaht erinnert an den Zwischenfall von 1989.

Wir sind das Volk!

Im Jahr 1989 ereignete sich Unvorstellbares. Es ist die Geschichte von Menschen, die sich selbst aus ihrer Isolation befreiten.

Unruhige Monate stehen bevor ...

Die Lage ist äußerst angespannt und bedrohlich. Wie wird sich die Staatsmacht verhalten?

Bleiben die Soldaten, bleiben die Panzer in den Kasernen?

Wie wird sich Moskau entscheiden?

Was ist los in dem Land, in dem Arbeiter und Bauern regieren? Was treibt ganze Familien, Freunde, Kollegen und Gleichgesinnte auf die Straße?

Die Mißwirtschaft in diesem Land, in den Dörfern, in den Städten, in den Fabriken, ist nicht zu übersehen. So kann es nicht weitergehen! Die Unzufriedenheit ist spürbar, sie ist greifbar und man hört sie. Laut und deutlich. Unmißverständlich.

Und was da gerufen wird – das ist ja unerhört!

»Wir sind das Volk « und » Macht das Tor auf « und »Deutschland einig Vaterland.«

Immer lauter fordert das Volk Ungeheuerliches: Demokratie, Reisefreiheit, Pressefreiheit, Meinungsfreiheit. Wie durch eine Lawine ausgelöst, werden diese Forderungen von Mund zu Mund weitergegeben Sie demonstrieren für ihre Menschenrechte.

Mutig und friedlich!

Ja, haben die Menschen keine Angst?

Doch, Sie haben! Was passiert wenn?

Nicht auszudenken!

Deshalb rufen Sie »Keine Gewalt, nicht provozieren und nicht provozieren lassen.

Demonstriert mit Euren Kerzen. Laßt das Licht der Hoffnung in der einen Hand hell erstrahlen und die Andere haltet schützend davor.«

Dieser Gedanke ist so einfach wie genial. Dadurch hatte keiner die Möglichkeit einen Stein zu werfen!

So haben wir es geschafft, durch eine unblutige, friedliche Revolution die allgegenwärtige Staatsmacht »in die Wüste« zu schicken.

Wie heißt es so schön:

In jeder Veränderung steckt auch ein Neuanfang.

Genau!

Wir sind das Volk und ich war dabei!

Zwischenfall an einer Geburtstagstafel

So, so, Blümchenkaffee!!!, ich habe es deutlich gehört! Helmut, die Familie die meinen Kaffee, in meiner Wohnung, in meiner Straße, als Blümchen disqualifiziert, kann gehen.«

»Elke, was ist denn los?«

Mutter Elke, ansonsten robust im Nehmen und noch robuster im Austeilen, ist tief getroffen. Aschfahl im Gesicht lehnt sie an der Stubentür und ringt nach Luft. Aus ihrer geblümten Kittelschürze droht das Muster heraus zu fallen, so wird sie von der geflüsterten Nachricht, die sie wohl vernommen hat, durchgeschüttelt.

»Stell dir vor, diese angeblichen Genießer verschmähen meinen Kaffee. Meeeinen Kaffeeee! Kommen hier her, schlagen sich den Wanst voll und meckern auch noch. Unerhört! Und die frisch gestärkte weiße Damasttischdecke haben sie auch noch bekleckert. Wenn die da sind, ist immer alles bekleckert.«

»Elke, alles was recht ist, ein bischen stärker könnte dein Kaffee sein. Ist doch Westkaffee, oder?« mischt sich Schwager Heinz ein.

»Heinz,« zischt seine Frau ihn an »halt den Schnabel, du willst doch nicht die Wasserhahnarmatur in Gefahr bringen, die mit im Paket war?«

Elke steht Schaum vorm Mund. »Na, jetzt schlägt es doch glatt dem Faß den Boden aus. Nun hört sich doch alles auf.« Sie kommt in Wallung und das ist nicht ihren Wechseljahren zuzuschreiben. »Mein Bohnenkaffee soll Blümchen sein, wo ich doch drei gehäufte Eßlöffel für eine Kanne nehme? Drei! Mit dem Silbernen. Und was ist mit meinem Mokka, den es immer noch zu später Stunde gibt? Auch Blümchen?«

»Ha, das ich nicht lache! Dein Mokka ist kein Blümchen, das ist ein ganzer Strauß «Vergiß- mein nicht«. Perlonkaffee, durchsichtig wie deine Strumpfhose, wenn du es genau wissen willst, durchsichtige Lurke.« Das selbsternannte Gourmet Ehepaar, Genießer des heißen, schwarzen Getränks, schießt mit Spitzen zurück.

Das hat gesessen! Volltreffer! Aus Elkes Hand entgleitet die halbvolle Steingut- Kaffeekanne.

Nachbar Krüger aus der zweiten Etage, bekommt die »Harmonische Krönung« über das funkelnagelneue Hemd – erworben im HO Kaufhaus – als volle Dröhnung ausgegossen. Was Tassen sonst bereitwillig aufnehmen, macht sich nun als gefleckte Landkarte auf dem VEB »Schere und Schnitt« Textil immer breiter.

Lustiges Kontinente raten ist die Folge. Mit fettigen Finger, da Schlagsahne vorhanden, wird erratenes Land eingekreist. Das volkseigene Herrenoberhemd, Kragenweite 40, ist nicht mehr das, was es war. »Putzlappen, als Putzlappen für Motorpflege am Sechshunderteiner Trabant ist es noch zu gebrauchen« schlägt Tischnachbarin Minchen mit Kennerblick vor.

Die Kaffeekanne, ein Geschenk von Oma Gerlach, wippt sich derweil als Scherbenhaufen zwischen geliebten Bienenstich-und Pflaumenkuchen Klassiker, aus. Wertvolle Tischdeckenapplikationen saugen Ausgeschüttetes gierig auf, um dann gesättigt, schwarz und heiß, auf teure Auslegware zu tropfen.

Elke lehnt noch immer an der Küchentür und schwankt zwischen Ohnmacht und Atemnot.

Das Chaos ist perfekt, die vierundzwanzigköpfige Tafelrunde ist in Aufruhr. Mit spitzer Zunge kreuzen giftige Bemerkungen quer die ehemals festliche ausgerichtete Tafel. Private Anschuldigungen, die schon lange schwelen, kommen nun ungehemmt zum Ausbruch.

»Es ist schon eigenartig, das ihr einen Wartburg fahrt und wir schon über elf Jahre auf einen Trabant warten müssen. Habt wohl was rüber wachsen lassen? Zement? Es ist ja kein Geheimnis das ihr mit Zement schmiert.« So ist von links zu hören. Am anderen Tafelende wirft man sich unlautere Urlaubsangebote vor. »Wie kann es sein, daß durch die Gewerkschaft vergebene Ungarn Aufenthalte kein Problem für eure Familie darstellt, aber wir sollen unsere Ostsee Ferien in einem umgebauten Ziegenstall verbringen?«

Deutlich und nicht zu überhören ist die Anschuldigung zwischen Horst und Siglinde, ansonsten Parzellennachbarn im Schrebergarten »Gärtnerstolz«, über das Ärgernis eines Gartenzwergs, der mit hinunter gelassener Hose seine Notdurft verrichtend, so scheint es zumindest, sein entblößtes Hinterteil Richtung Siglindes Tomatenstock zeigt. Eigenartiger weise sind die reifenden Tomaten auf der einen Seite, die Richtung Zwergenpopo zeigen, mehr errötet, als die abgewandte Seite. Komisch.

»Hast wohl Modell gestanden? Hast deinen Arsch zur Verfügung gestellt?« prustet Siglinde Horsts Brille an, durchsetzt mit magenfreundlich zermahlenen Bienenstich.

»Mein Hintern geht dir einen Feuchten an. Und das du

es weißt, der Gartenzwerg bekommt Nachwuchs. Einen, der dir einen Vogel zeigt«

»Wenn das die Genossen in der SED Kreisleitung spitz kriegen was hier los ist, bin ich meinen Posten los« jammert das »Rotkäppchen«, so sein Spitzname.

»Na, da kannste dich in der Produktion bewähren« wirft eine rauchige Stimme ein. »Und wenn sie auch noch mit bekommen, das du die Lieder »Wenn das Wasser vom Rhein goldener Wein wär« am lautesten mitsingst, wo doch in unserem Bezirk die Saale fließt, geschweige erst mit der »Donau so blau, so blau …«

»Ruuuhe, Ruuuhe« brüllt Elkes Angetrauter. »Freunde, so geht das aber nicht! Wollen wir so auseinander gehen? Jeder von uns braucht doch jeden. Du profitierst von mir und ich von dir. So läuft das doch bei uns. Wir brauchen uns gemeinsam. Also, alles dumme Gequatsche ist somit Schnee von gestern. Es läßt sich alles regeln. So, jetzt gibt es ein Schnäpschen. Wer will, Hand hoch. Ah ja, alle, wie ich sehe. Was meinst du? Eierlikör? Ja, haben wir auch da, sogar im Schokowaffelmantel. Elke, mein holdes Wesen, beruhige dich. Du bekommst einen doppelten Korn und alle stoßen auf dein Wohl an. Frauen, Männer, ein Prosit auf Elke. Runter damit, Prost!«

Noch lange wurde gefeiert. Schwüre, sich zu bessern, umrunden die Tafel. Gesungen? Ja, gesungen wurde auch noch. Der Rhein wurde immer goldener und die Donau färbte sich bläulich ein, so wie die im Text sicherer Kaffeerunde.

»Aber das mein Kaffee Blümchen sein soll?« flüstert Elke noch im Traum.

Gesicht zeigen

Das Gesicht zeigen

Im Hühnerstall rumort es. Der erste Morgenstrahl kitzelt durchs Fenster hindurch, dem verschlafenen Oberhaupt einer zehnköpfigen Hühnerschar mitten auf den Schnabel. »Oh je, mir das«, denkt der stolze rote Hahnenkammträger. »Alle Mädels runter von der Stange, im Gras nach Futter suchen, nicht zu lange gackern, schaffen, Eier legen« kräht er seine Frauenriege an. Dabei zeigt er dem Morgen sein Gesicht und kikerikit den neuen Tag herbei. Einen Sonntag. Einen warmen Sommersonntag. Einen friedlichen Sonntag.

Mutter Natur vernimmt die frohe Botschaft. Wald, Wiesen, Busch, Feld und Blumen, strecken und recken sich, waschen mit Morgentau Schlaf aus ihrem Gesicht. Wollen Gesicht zeigen, jeder auf seine Art präsentiert sein schönste Gesicht, zeigt unermeßliche Schönheit. Außer, die blaue Glockenblume übertreibt wie immer. Laut tönen die Glocken in Dur und Moll durch die Flur. Nur dem Maulwurf stört nichts. Er murmelt: »Nö, mir ist das alles noch zu früh, wer mein Gesicht sehen will, muß Zeit mitbringen. Außerdem ist Sonntag,« und legt eine Schaufel Erde auf umgegrabenen Maulwurfhügel oben drauf.

Ja, ein bisschen eitel ist die Natur schon, ist bekennende Umweltaktivistin, will zu allen Jahreszeiten ihr schönstes Gesicht zeigen.

Auch Familie Dreier vernimmt den Glockenschlag,

obwohl es sich doch mehr nach dem Geschrei ihres Babys anhört. Hunger und Durst oder Durst und Hunger, auf jeden Fall verlangt es sein Fläschchen und eine frische Windel.

Zufrieden schläft es nach Bäuerchen und sauberen Pfirsichpo weiter. Das Gesichtchen strahlt Zufriedenheit aus. Es träumt zeitlos. Sieht so Glück, sieht so der Frieden aus?

Mutter Dreier trägt dezent Make up auf etwas übermüdetes Gesicht. Sie möchte gefallen. Aber, wie aus gut informierten Kreisen, nicht nur am Sonntag.

Vater Dreier spricht mit seinem Spiegelbild. Spiegelbild sagt: »Unrasiert kommst du nicht an den Frühstückstisch. Du willst doch dein schönstes Sonntagsgesicht zeigen. Oder?«

Verführerischer Kaffee-und Sonntagsbrötchenduft bringen den Sonntag in Schwung.

Schwingt hier Geborgenheit, Sicherheit, Vertrauen in die Zukunft mit? Unterliegt das Kommende auch nicht ständig Verbesserungen? Ist es nicht das Gesicht, das gesehen werden will?

Und so wird Gesicht zeigen zur Botschaft. Eine Nachricht an Kriegstreiber, an Despoten, an ideologisch irre geführte Glaubensfanatiker in geschundenen Länder: Das Natur, Tier und Mensch gemeinsam, in gesunder Umwelt, dem Tierwohl verpflichtet und in friedlicher Gesellschaft nebeneinander sich gut leben läßt. Immer. Nicht nur am Sonntag.

Drei Schmetterlinge hier und da

Drei Schmetterlinge taumeln lautlos durch wärmende Sommerluft, lassen sich von Sonnenstrahlen streicheln.

Drei Hubschrauber dröhnen durch rauchschwadene Granatensommerluft, lassen Sonnenstrahl erahnen.

Kinder lernen in der Schule, spielen im Kindergarten. Geborgene Sicherheit.

Kinder gehen nicht zur Schule, nicht in den Kindergarten. Zerbombte Zukunft.

Frauen und Männer arbeiten im Frieden für das Gemeinwohl, für sich, für Alt und Jung.

Frauen und Männer arbeiten im Krieg, suchen in Trümmern nach dem Frieden für das Gemeinwohl, für sich, für Alt und Jung.

Wasser sprudelt aus Hahn und Brunnen, erfrischendes, sauberes, lebensnotwendiges Elixier.

Das Wasser im Hahn ist versiegt, Brunnen schöpft vergiftete, trübe, doch lebensnotwendiges Brühe.

Über Wasserstraßen tuckern Ausflugdampfer bei Kaffee und Kuchen an Sehenswürdigkeiten vorbei.

Über Tränenstraßen holpern Holzkarren bei Hunger und Durst an geschundener Landschaft vorbei.

Häuser entstehen. In Fenster spiegeln sich Gärten, Bäume, Straßen, Menschen.

Häuser vergehen. In Fenstern hängen Lumpen, spiegeln nichts. Es gibt nichts zu spiegeln. Der Spiegel ist zersprungen, er brachte Unglück.

Kinder, Frauen und Männer, Alte und Kranke werden

versorgt. Staatlich verordnete medizinische Hilfe ist gewährleistet. Schutzengel stehen bereit.

Kinder, Alte und Kranke, können nicht auf staatliche medizinische Hilfe hoffen. Vegetieren unter Schmerzen. Wo sind die Schutzengel?

Wind streichelt reifendes Korn, zukünftiges Brot wächst heran.

Wind sucht Feld, Wiese und Acker. Vergeblich: Sie wurden von Panzerspuren unterpflügt.

Geborgenheit wächst im sozialem Schoß, muß weiter wachsen!

Im Kugelhagel, im zerfetzten Schoß, der von Menschen herbeigeführten Katastrophe, verkümmert Geborgenheit.

Friedenstauben, fliegende Botschafter des Friedens, tragen Olivenzweig im Schnabel.

Drohnen, fliegende Botschafter des Krieges, haben keine Schnäbel, tragen keinen Olivenzweige.

Drei Schmetterlinge, viele Gedanken – hier und da.

Kontraste

Mit der Freude zieht der Schmerz traulich durch die Zeiten
(Johann Peter Hebel)

Breit ist der Fußweg – links und rechts der Bölschen Straße – in Berlin Friedrichshagen. Genug Platz für Eltern mit Kinderwagen. Genug Platz für Tisch und Stuhl vor einladenden Kaffees. Einheimische, wie auch Gäste, beobachten amüsiert getragene, ausgefallene Modeerscheinungen. Sommers spenden Laubbäume erholsamen Schatten, Geschäfte aller Art locken mit Sonderrabatten. Regionales an Obst, Gemüse, Wurst, Fisch, Lebensmittel, Blumen, bietet ein wechselnder Wochenmarkt an. Es ist ein halbrunder Platz über den Friedrich der Große auf einem Sockel seine Untertanen grüßt. Mittig der schnurgeraden Straße surrt die Straßenbahn. Autofahrer suchen verzweifelt Parkplätze. Hier im Südosten von Berlin läßt es sich gut bummeln. Sagt man doch der Bölschen (wie sie liebevoll genannt wird), den Ruf einer Flaniermeile nach. Alte, gut restaurierte Bürgerhäuser geben Zeugnis von früherer Baukunst, unterstreichen den Charakter dieser Straße. Sie atmet Geschichte.

Auf einer Länge – von knapp einem Kilometer – zieht sie Besucher an, die nach Wilhelm Bölsche (21.01.1861-31.08.1939 Schriftsteller, Philosoph, Publizist), benannt ist. Ja, sie ist beschaulich, es lohnt zu verweilen.

Hier in Friedrichshagen wohnte auch Rebecca Schulz. Ich weiß nicht, ob Herr Bölsche und Frau Schulz sich je begegnet sind. Denkbar wäre es auf jeden Fall. Vielleicht haben sie hier und da einen Schwatz abgehalten? Was macht Der und Die? Krankheiten? Ach ja, mein verflixte Rheuma! Schöne Grüße und bis zum nächsten Mal …

Und dann dieser Bruch, dieser Kontrast auf der Bölschen. Es ist wie Wasser und Feuer.

Ein Stolperstein erinnert vor einem Wohnhaus an Frau Schulz. Dunkel, nein tiefschwarz ist dies Kapitel unserer Geschichte. Es würgt und schmerzt Dieses kleine Ding, nicht größer als 9 mal 9 cm in Messing festgehaltene, eingeschlagene Lebensdaten:

Hier wohnte
Rebecca Schulz
geb, Bornsein
10. 1898   (Könnte auch eine 7 sein ›
               da Loch überZahl)
Deportiert 10. 1. 1944
Theresienstadt
ermordet in
Auschwitz

zwingt zum Erinnern.Und so soll es bleiben!

Einige Meter weiter das nächste Kontrastprogramm, verjagt – ohne das vorhergesehene zu vergessen – trübe Gedanken.

Da steht doch tatsächlich an einer Eingangstür, die ansonsten Printmedien und anderes Krims- Kram hindurchschleust, eine handgeschriebene Mitteilung:

Heute gibt es nur gute Nachrichten
Wegen Krankheit geschlossen

Es darf gelacht werden! Tja, so gehen Gegensätze, Freud und Leid – das ungleiche Geschwisterpaar – auf der Bölschen einher.

Was ist eine Arbeit Wert?

Beide sind jung. So um die Dreißig. Beide schaffen einen Wert und darüber hinaus einen Mehrwert.

Der eine ist Profi. Genauer gesagt, ein verheirateter Fußballprofi mit Tochter und Sohn. Sein Verein hat ihm ein monatliches Gehalt von drei Millionen € zugesichert. Netto versteht sich! Nach oben ist immer Luft, wurde bei Vertragsabschluß beiläufig erwähnt. Und ja, zwei Prozent von seinem Jahresgehalt (60 000 €) spendet er im Jahr an sozial Benachteiligte. Man will ja schließlich nicht als Raffgieriger dastehen. Er stellt sein Talent und Spielfreude auf dem Rasen zur Schau. Er ist Publikumsliebling, er schießt seinen Club an die Ligaspitze. In der Punktetabelle ist der Stand des FC abzulesen, wird der Wert deutlich sichtbar. Darüber hinaus sind Werbe – und Fernsehverträge gesichert, spülen für Verantwortliche und Akteure einen Mehrwert in die Kassen.

Begeisterte Anhänger tragen aktiv zum Erfolg des Mehrwertes bei. Sie sorgen für volle Stadien, schlafen in vereinsfarbener Bettwäsche. Ausverkaufte Fanartikel belegen die Wertigkeit. Für viele ist es ein Stück Lebensqualität, sie singen: »Fußball ist unser Leben.« Bundesweit signalisiert die Clubwerbung: Wir sind ganz oben! Nur die Besten schaffen es!

Seine körperlichen Wehwechen – und die hat ein Fußballspieler unbestritten – kuriert der vereinsgebundene Masseur, Therapeut, Arzt, aus. Er versucht wieder zur Hochform aufzulaufen. Profi eben.

Seine Zukunft ist auf Rosen gebettet.

Der andere ist auch ein Profi. Genauer gesagt, ein verheirateter Straßenbauarbeiter mit zwei schulpflichtigen Kindern. Sein monatliches Gehalt wird auf sein Konto überwiesen: 1492 € Netto. Nach oben ist wenig Luft, wurde bei seiner Einstellung unverblümt erwähnt. Und ja, zwei Prozent spendet er einmalig von seinem monatlichen Einkommen an soziale Vereine. (runde 30 €). Er spendet freiwillig und aus Überzeugung.

Er stellt seine Arbeitskraft – er glättet dampfendes, 200 Grad heißes Bitumengemisch – in kniender Haltung in die Dienste des Allgemeinwohl. Wer will, kann es hören. Er hustet Dampf. Den Wert der glatten Straßenoberfläche lieben Fußgänger und Autofahrer gleichermaßen. Sein Talent besteht darin, daß er bei seiner Arbeit Qualität abliefert. Ein Mehrwert, der für alle Seiten auf Jahre hinaus Bestand hat. Für viele wird daraus ein Stück Lebensqualität, sie besingen seine Straßen.

Sein Arbeitgeber ist durch ihn, durch seiner Hände Arbeit regional Branchenbester.

Die gesundheitlichen Probleme – und die hat unbestritten ein Straßenbauarbeiter – kuriert er mit Wärmepflaster statt Masseur, harter Bettmatratze statt Therapeuten, Waldspaziergänge statt Arzt, aus.

Er versucht Tag um Tag kniend seine Hochform zu erbringen. Profi eben.

Seine Zukunft ist auf Dornen gebettet.

Was ist eine Arbeit Wert?

Die Wüstenblume

Kalt ist es an diesem grauen Februartag. Schneeluft vertreibt Hasel, Birken und Erlenpollen. Vereinzelt, schüchtern und ganz vorsichtig strecken Schneeglöckchen, von der Schneekönigin wach geküßt, ihr weißes Haupt durch frostigen Boden. Wind verbreitet die frohe Botschaft.

Spaziergänger erfreuen sich am makellosem Weiß, sehnen wärmere Tage herbei.

Ist da nicht Musik zu hören? Fremd anmutende, orientalische Klänge? Kommen die Musikfahnen aus dem Flüchtlingsheim?

Da drüben ist die Notunterkunft. Vorläufige Heimat von Vertriebenen auf wenigen Quadratmetern. Sie gewährt Schutz vor Krieg, bietet Essen, spendet Wärme.

Aus einem geöffneten Fenster ertönt die Musik, unterlegt von einer Frauenstimme. So, wie es sich anhört, ist es ein Klagelied. Vielleicht. Wenn aber ja, ist es jedoch die Musik, das verbindende, verstehende Element einer einheitlichen Sprache. Die Stimme färbt sich dunkel ein;sie drückt den Schmerz, den Verlust der Heimat, Abschied von Eltern, Brüdern und Schwestern, die Sehnsucht nach menschlicher Wärme aus. Ins Helle gleitet der Gesang, wird klarer, fester, kraftvoll, Stolz klingt heraus.

Ob eine Wüstenblume gemeint ist? Eine, die die Farben der Wüste widerspiegelt? Eine Blume, die durch Hoffnung sanft wachgerüttelt ihr Haupt mutig durch Trümmer erhebt?

Wind verbreitet die frohe Botschaft.

Erzählungen

Am Wurststand

»Nein ist der süß! Wie heißt er denn? Wie schwer? Ist ja auch egal. Hauptsache gesund, sage ich immer, und alles dran.« An der Wursttheke zeigt eine Kundin über die Auslage der gepfefferten und gesalzenen, mit Kümmel und Senfkörnern versehenen Wurstwaren und einer Schlachtplatten hinweg der Verkäuferin ihr Smartphone. Darauf ist ihr süßer kleiner, vier Wochen alter Fratz zu sehen.

Neugierige Damen, einige von ihnen frisch geföhnt, andere mit lässiger Frisur und manche auch mit offen getragenem Haar, eilen herbei. Sie alle wollen das entzückende Bildwundersehen.

»Wie viel, sagten Sie? Halbes Pfund Aufschnitt und von der Sülze dieses Stück? Von dieser Salami oder von der ungarischen? Aber gern. Und wie viel hat der Kleine denn gewogen? Sechs Pfund, sagten Sie? Ideales Gewicht. Also nein, und die dunklen Haare, das ist doch ganz der Vater!«

Eisiges Schweigen folgt der eindeutigen Feststellung der Wurst-Fachverkäuferin.

»Das finde ich ja nun gar nicht! Der Vater? Kein bisschen! Sie und Menschenkenntnis. Daß ich nicht lache!« Mit schneidender Stimme beendet die junge Frau das Gespräch über die Theke und verläßt den Stand derjenigen die keine Ahnung hat. »Vater, Vater immer höre ich nur ›Vater!‹« Wurstscheiben, über diesen Tonfall grau angelaufen, jeglichen Geschmack verloren, biegen sich nach innen, wollen nichts gesehen und nichts gehört haben.

»Da geht sie hin, die beleidigte Leberwurst.« Nickende Zustimmung erfährt die Frau hinter dem Tresen. »Stimmt« sagt eine Kundin »ist ja auch der Wurststand.«

Bescherung

In jeder Jahreszeit steckt sein eigener Zauber. So auch in der Weihnachtszeit. Was wird da nicht alles gebacken, Heimlichkeiten ausgetauscht, Geschenke eingepackt, Advents-Kalendertüren geöffnet, altbekannte Weihnachtslieder vor sich hingesummt, Tannenbaum ausgesucht, Lametta entknotet, Nußknacker in strammer Haltung aufgestellt, Räuchermännchen ermahnt »Rauchen ist schädlich«, Knecht Rupprecht wird mit Rute in die Ecke verdonnert, Festagsbraten bestellt, kurz um: man hat zu tun!

Und dann ist er da! Der 24. Dezember, der Tag an dem es irgendwie feierlich wird. Warm ist die Stube geheizt, es riecht nach Myrrhe und Weihrauch und Tannenduft. Das Traditionsfestessen – wie jedes Jahr mit viel Liebe zubereitet – ist zum Glück gelungen. Nach dem Essen folgt die Bescherung. Mutter staunt, Vater staunt, Kind staunt, ich staune. Die Augen glitzern im Wettstreit mit dem im Lichterglanz erstrahlten Tannenbaum, seine bunten Kugeln leuchten, die Spitze, nun ja, etwas schief, aber was unter dem Baum liegt – da muß erst tief Luft geholt werden – fest eingepackt und mit farbigen Schleifen verschnürt-aber hallo, das scheint nicht ohne zu sein! Verflixt und zugenäht, seit eh und je passen alle Beschenkten auf, wie das Christkind oder der Weihnachtsmann mit seinem Rentierschlitten – Rudolph mit der roten Nase vorneweg – unbemerkt in die gute Stube gelangen und auch noch Geschenke verteilen kann. Wie ist das nur möglich? Am Tag der stillen, heiligen

Nacht halten artige Eltern, Kinder und auch ich, egal, ob es schneit, regnet, stürmt, oder bewölkt ist, immer Ausschau nach denen, die uns reichlich bescheren. Von irgendwoher müssen sie ja kommen! Gesehen, nein, gesehen habe ich die himmlischen Boten noch nie. Aber ich glaube fest daran und habe die Hoffnung nicht verloren. Es ist ein althergebrachtes Ritual des Erwartens. Ist das nicht kindisch? Nein! Es ist immer wieder aufs Neue aktuell und hochmodern. Es ist ein Stück Bewahren der Kindheit!

Der Kirchgang

Wer weiß schon, ob die Geschichte wahr ist oder nicht? Jedenfalls hat sie sich so zugetragen.

Die Glocken der Sankt Martini Kirche schwingen ihren letzten Glockenschlag immer leiser aus. Sie rufen zur Frühmesse.

Dicht gedrängt stehen Kirchenbänke, reich mit Schnitzereien verziert, in gotischer Architektur, warten auf sitzfreudige, in Andacht versunkene Gläubige. Leider sind nicht alle Bänke mit Kirchgänger im Sonntagsstaat besetzt. Dennoch ist Pfarrer Muth über ihre doch zahlreich zu nennende Anzahl zufrieden.

Durch bunte Bleiglasfenster zaubern Sonnenstrahlen Lichtspiele auf kalten Fußboden, erwärmen Stein und Herz. Heiligenbilder schmücken dickes Mauerwerk, wachen mit ernstem Gesicht über den geordneten Messeablauf. Ihnen entgeht nichts.

Die heutige Messe ist zum Erntedankfest ausgeschmückt. Reichlich sind Obst, Gemüse, Kornähren, all das, was der Herbst an Nahrung reichlich bietet, um den Altar ausgelegt.

Aus christlicher Überlieferung hat sich der Hirte seiner Gemeinde auf die heutige Predigt vorbereitet. Er will Dank sagen für die Gaben, die auf irdischen Boden gedeihen.

Doch dem Herrn Pfarrer ist in den frühen Morgenstunden leider ein Malheur passiert.

Beim Frühstück – wie immer Fünf – Minuten – Ei, Schinken, Kaffee und heute ausnahmsweise auch Kuchen. Schwester Barbara vom Stift der grauen Schwestern, berühmt für ihren gedeckten Bienenstich, ließ es sich nicht nehmen, zum heutigen Anlass ihr süßes Backwerk zu spendieren.

Und hier nahm das Schicksal seinen Lauf. Den Bienenstich wollte eine Wespe partout nicht mit dem Kirchenmann teilen.

Der letzte Bissen drohte durch den geöffneten Mund für immer im wohlgeformten Bauch des Schwarzkittels zu verschwinden. Nicht mit mir, dachte sich die Wespe und kreuzte im Sturzflug mit dem wild um sich schlagenden, noch nicht heilig Gesprochenen die Klingen. Der entscheidende Wespenstich fand sein Ziel nicht im mahlenden Kauwerk, sondern, Gott sei's gedankt, zwischen Nase und Oberlippe. Der Schutzpatron der Kuchenbäcker, der heilige Laurenzius, stand dem Geistlichen zur Seite.

Nun kann sich jeder ausrechnen, daß das Muthsche Gesicht zum Vollmond anschwoll. Und das kurz vor der Andacht! Soll ich die Messe absagen?, fragte sich der Verehrer gregorianische Klänge. Aber nein, nicht heute! Muth, fasse Mut!

Und so steht er entschlossen vor seiner Gemeinde, die wiederum unentschlossen im ovalen Rund des Kirchenschiffes sitzt, nicht sicher, ob das ihr Pfarrer ist.

Doch der hält mühsam, der Sprache fast beraubt, die heilige Messe nach alt hergebrachtem Ritual reibungslos ab, bis auf ein Halleluja, das sich so ähnlich anhört wie »Ihr seid ja schon wieder da!«

Die Predigt, Höhepunkt der Messe – wochenlang wurde am Text gefeilt – kommt bei den anwesenden

Gläubigen hoffentlich gut an. So der Plan. Doch Wunsch und Realität sind zweierlei.

Durch bekanntes Handikap klingt sie nur dünn und leise von der Kanzel.

So ist die einhellige Meinung des gläubigen Volks: Der riskiert eine dicke Lippe, der redet geschwollen daher. Und in der Tat konnte man sich fragen: Ist es Latein? Es hört sich so nach Althebräisch an. Kurzum: Er nuschelte; er war nicht zu verstehen.

Das versetzte Frau und Mann in die Lage, andachtsvoll in sich hineinzuhören.

So hing jeder mit offenem Mund seinen Gedanken nach.

Das weibliche Geschlecht überlegte, was koche ich heute Mittag? Und die Herren der Schöpfung dachten, was kommt wohl heute auf den Mittagstisch?

Pfarrer Muth deutete offene Münder als ergriffene Wortwahl seiner Predigt, und so schloß er, alle Kraft zusammennehmend, mit donnernden Worten: »Ja, das kommt heute auf den Tisch.«

Minchen Gerlach, jäh aus ihren Träumen gerissen, verstand: »Was kommt heute auf den Tisch?

Lautstark und erschrocken entfuhr es ihr: »Gulasch und Klöße.«

Hier endet die Geschichte. Fast. Es soll nicht unerwähnt bleiben, daß die Kirche im inneren derart gebebt hat, jeder kann sich ja denken warum – ja, das sogar in den Gesichtern der Heiligenporträts war ein feines Schmunzeln zu erkennen. Und wie gesagt, denen entgeht nichts.

Ach so, ehe ich es vergesse: Pfarrer Muth langte bei Minchens Gulasch mit Klößen zweimal tüchtig zu.

Der Tag der offenen Tür

» *…Und? Nu erzähl doch mal! Wie war es denn da oben? Du warst doch mit dabei. Laß dir doch nicht alles aus der Nase ziehen!*«

»Na ja, wie soll ich sagen, es war einmalig. Ein unvergessliches Erlebnis. Es war wie Weihnachten und Ostern zusammen!

Wie ihr ja wisst, fing alles mit einer Einladung zum Tag der offenen Tür im Himmel an.

Zunächst konnte es keiner glauben. Einen Tag, wo? Im Himmel? Um Himmels Willen!

Weltweit wurde für dies einmalige Ereignis geworben. Zeitungen druckten Sonderseiten, im Fernsehen liefen Sondersendungen, im Radio wurde halbstündlich für das große Ereignis geworben. Plakate wurden gedruckt. Informationen rund um den Globus. Und alles mit dem Versprechen einer garantierten Rückkehr, vom Chef höchst persönlich abgesegnet. Und wer wollte daran zweifeln?

Ich war einer der glücklichen Auserwählten, die dabei sein durften.

Die Reise gen Himmel verlief zunächst chaotisch. Der Fahrstuhl nach oben war ständig besetzt, die Himmelsleiter schwankte bedrohlich und der Paternoster hoffnungslos überfüllt. Der Regenbogen drohte einzustürzen, er verlor alle seine Farben und wurde kurzerhand gesperrt. Mit Glück und durch reichlich Trinkgeld auf Erden bekam ich noch eine Fahrkarte im Sonderzug nach Oben. Auf halber Strecke wurde irdisches Personal gegen himmlisches ausgetauscht, und mit Volldampf gelangten wir vor das neu angefertigte Himmelstor.

Jakop, ein himmelskundiger Zimmermann, hatte wochenlang an dem gewaltigen Himmelseingang gehobelt, gehämmert, geschnitzt. Es sollte ja schließlich Eindruck schinden! Er fegte noch die letzten Späne zusammen, ordnete die Begrüßungsgirlanden, prüfte mit zugekniffenen Augen sein Werk, krempelte die Hemdsärmel hoch, schob den siebenfach gesicherten, schmiedeeisernen Torriegel zurück und lud lautstark durch ein Megafon zum Tag der offenen Tür ein.

›Machet hoch die Tür, die Tor macht weit, willkommen, irdisches Geleit! Keine Angst, alle kommen unversehrt zur Erde zurück. Hereinspaziert, wer guten Willens ist! Kommt näher und fürchtet euch nicht. Das Tor zur Glückseligkeit steht offen. Für Fragen stehen Schwester Hedwig, Bruder Jonas und weiteres geschultes himmlisches Personal zur Verfügung.‹

Ja, so wurden wir begrüßt. Nun gab es kein Halten mehr. Zu Abertausenden drängten wir Erdenbürger uns durch den Eingang. Das babylonische Sprachengewirr löste sich schlagarti g auf und alle, o Wunder, wir konnten uns in einer Sprache verständigen. Sensationell!«

»Wie sieht denn so ein Himmel aus? Wer kommt überhaupt in den Himmel? Wie kommt man hinein? Gibt es eine Klingel? Wer öffnet?

»Alles der Reihe nach. Bevor wir das Tor des himmlischen Friedens durchschritten, empfing uns ein hochgewachsener Mann. Ein Namensschild war auf seiner einfachen braunen Kutte, die auf Sandalen stauchte, geheftet. Auf ihr stand deutlich lesbar: Petrus. An seinem Gurt, einer geschnürten Kordel, hing ein riesiger Schlüsselbund. Mit »Grüß Gott« und »Nutzen Sie die Zeit, die Ihnen hier oben und die Ihnen auf Erden zur Verfügung steht« schob er uns in den Himmelsraum, vorbei an einer riesigen Türglocke. Daneben hing ein Schild auf dem zu lesen war:

Einlaß im Notfall: Dreimal schellen Öffnungszeiten: durchgehend Bestechung: zwecklos

Den Himmel, nun wie soll ich das beschreiben? Er sieht aus wie riesiges, endloses Gewölbe, deren Anfang und Ende nicht zu sehen sind. Straßen und Wege sind weich, wie mit Watte ausgepolstert. Warme Farben und Lichteffekte wechseln ständig im Auge des Betrachters. Orgelmusik verströmte eine beruhigende Milde und Süße auf uns alle. Weiter hinten, irgendwo erklang Johann Sebastian Bach's Trio super »Allein Gott in der Höh sei Ehr«. Gregorianischer Chorgesang rundete die kostenlosen Darbietungen ab.«

»Keine Blasmusik?«

»Doch, auch! Stellt euch vor, sogar Jahrmarkt findet statt. Es stimmt tatsächlich: Im Himmel ist Jahrmarkt.«

»Hast du unsere Vorfahren gesehen? Unsere Eltern, Onkel, Tanten – die gesamte bucklige Verwandtschaft?«

»Meine, deine Verwandten waren hinter Fensterscheiben in einem Extraraum zu sehen. Wie es aussah, erfreuten sie sich mit Piccolöchen bei bester Gesundheit. Sie konnten uns nicht wahrnehmen, aber wir sie.

Eine freundliche Stimme, die der heiligen Adelheid zuzuordnen war, klärte auf. »Erst wenn der Tag x kommt, öffnen sich für euch diese Spezialtüren, und erst dann

100

kommt es zur erhofften Zusammenführung. Aber nicht alle sind berufen! Es liegt bei euch.«

Auf die Frage,wo denn andere Verwandte, Bekannte verblieben sind, deutete Adelheid mit dem Daumen nach unten. »Ein paar Etagen tiefer, wo es sehr heiß ist, fristen sie ihr Dasein. Fragen,warum dort,weshalb, sind auf Erden zu suchen.«

»Braucht man da oben Geld? Was ist mit meiner Rente? Was darf ich machen?«

»Nein. Da oben braucht niemand Geld. Die Rente muß auf Erden verpulvert werden. Gezahlt wird mit den Worten »Vergelts Gott« Was darf ich machen? Nun, da gibt es genügend Möglichkeiten, seine Freizeit aktiv zu gestalten, und die ist für alle ein Muß. Ohne Ausnahme! Unzählige Kurse werden angeboten. Zum Beispiel: Häkelkurse, Strümpfe stopfen, Stoffbeutel nähen, Lateinisch oder Hebräisch als Fremdsprache erlernen. Viele arbeiten in den Weinbergen des Herrn, andere bestellen Feld und Acker. Riesige Küchen versorgen Personal und Himmelsbewohner mit leckerem himmlischen Manna. Fleisch, Wurst, Döner gibt es leider nicht. Dafür ausreichend Tofu – Produkte, Reis, Gemüse und Obst, außer roten Äpfel – der Grund sollte allen bekannt sein …«)

»Moment mal! Es darf also nicht gegrillt werden?Keine Bockwurst, kein Steaks, keine Salami?«

»Nein, es gibt nur fleischlose Gerichte und das Wort ›Grillen‹ hat da oben eine ganz andere Bedeutung – wenn ihr wißt, was ich meine.«

»Ich ahne Schlimmes. Kein Bier, kein Schnaps, Wein, Handy, Kino, Theater, Computer, Tabak, kein Frauen mit Männer … «

»Na ja, ganz so ist es nicht. Also: Bier und Wein wird da oben mit 0,3% Alkoholgehalt ausgeschenkt und Schnaps ist sowieso gestrichen. Den hat der Teufel gemacht! Dafür sind Malzkaffee, Pfefferminz-, Kamillen-, Blasen –und Nierentee der Renner. Das Handy unterliegt dem elften Gebot: Du sollst keinen fremden Klingelton neben dir haben.

Kino ja, aber der Film »Das Wirtshaus im Spessart« läuft da oben hart an der Grenze: absetzungsgefährdet. Fast zu viele Gewaltszenen.

Bei Theaterauftritten hingegen, kann jeder mitspielen. Das Repertoire reicht bis zum Engelschor aus Nabucco. Das Wort Gefangenchor will hier oben keiner hören! Alles unterliegt aber einer strengen Zensur.

Auch kräftige Ausdrücke, wie sie ein gewisser Goetz von Berlichingen gebraucht hat,sind undenkbar.

Computer sind nicht vorhanden, sondern es erscheint jeden Tag der *Himmlische Bote* . Tabak ist aus gesundheitlichen Gründen völlig inakzeptabel, obwohl es mir schien, als ob aus einer verschlossenen Tür, die war nur mit mit vier Buchstaben C.H.E.F. Beschriftet war, Qualm herausquoll. Ich hätte wetten können, das war Zigarrenrauch.«

»*Eine Zwischenfrage: Hast du Ihn gesehen?*«

»Nur kurz. Am Strand der Ewigkeit zeigte er sich. Plötzlich war er da. Tatsächlich kam er über das Wasser gelaufen. So richtig konnte man ihn nicht erkennen. Es war wie eine Lichterscheinung. Seine Stimme war angenehm, und was er sagte, war noch angenehmer.

»Fürchtet euch nicht, euer ist das Himmelreich, hier oben sind alle gleich. Arm oder reich. An so einem Tag wie diesem sollt ihr wissen und meine Botschaft verbreiten :Wer hierher kommt, kommt, um zu bleiben. Kommt zu mir, um weiterzuleben und nicht unten in der Verdammnis zu schmoren. Entscheidet euch, auf welcher Seite ihr stehen wollt.«

So oder so ähnlich hat er sich ausgedrückt, und wie er gekommen war, verschwand er im Nichts. Da haben uns nicht nur die Beine gezittert!«

»Wir waren bei den Frauen und Männern stehen geblieben ...«

»Ja, genau. Wenn Frauen und Männern bestimmte Sachen zu besprechen hatten,

verschwanden sie hinter einer spanischen Wand. Diskretion war dort oberstes Gebot! Keine Einsicht war uns möglich, aber es schien so, als würden Frau und Mann vergnüglich, Arm in Arm, leicht gerötet und zufrieden,wieder herauskommen. Eigentlich ähnlich wie bei uns.«

»Und das konntet ihr alles sehen?«

»Ja, wie gesagt, hinter den Glasscheiben des Gemeindesaals war es uns möglich. Die anderen Informationen und Eindrücke waren realer Natur. Zumal Wegweiser uns an Orte führten, die für uns wichtig erscheinen sollten.

Ich denke da zum Beispiel an Himmelpfort. Wie ihr wißt, ist Himmelpfort der Ort, an den die Weihnachtspost unserer Kinder geschickt wird. Ich sage euch: Säckeweise stapeln sich die Wunschzettel.

Und so könnte ich noch von vielen Eindrücken berichten«.

»Tiere, sind Tiere erwünscht?«

»Es gibt sie alle, von A-Z. Von Ameise bis Zitronen-falter.

»Hast du die Erde auch von oben gesehen?«

»Ja, wie unter einer riesigen Lupe. Unseren Heimatort habe ich gesehen, unsere Straßen, unsere Gärten, unsere Wälder und Felder, unsere Städte, sogar, was auf dem heimischen Küchentisch stand. Mit Schwester Hedwig hab ich zum Schluß noch einen Cappuccino getrunken, um bald darauf aufzubrechen. Die Besucherzeit zum Tag der offenen Tür war abgelaufen, und wir alle traten ohne Ausnahme vor dem Himmelstor den Weg der Heimreise an. Petrus ermahnte uns noch mit freundlichem Finger-zeig : Carpe diem und dann schloß er die siebenfach verriegelte, schmiedeeiserne Tür hinter uns wieder zu«.

»Carpe was?«

»Carpe diem. Nutze den Tag, wie der Lateiner sagt. Ja, so war es da oben, als es hieß:

»Hereinspaziert!« Aber geärgert habe ich mich noch zum Schluß über Schmutzfinken, die außen an das Himmelstor Graffiti – *Ich war hier* – und – *Ich auch* – gesprüht hatten.«

Eine Bahnfahrt, die ist lustig

Nur noch sieben Stationen, dann ist mein Ziel ist erreicht. Die S-Bahn schaukelt schnell im vertrauten Summton vorwärts.

Den Vierersitz teile ich mit einem Bauarbeiter, einer Mutter mit Baby und kleiner Tochter.

Das Mädchen, das vier oder fünf ist, flüstert mir zu: »Hier ist mein Lieblingsbilderbuch – kannst du mir dazu was erzählen?«

Ohne meine Antwort abzuwarten, klappt die Kleine ihr buntes, abgegriffenes Buch auf. Ich sitze in der Falle. Ihre Mutti nickt mir freundlich zu, soll heißen: »Nu mach mal.«

Ihre mütterliche Fürsorge gilt nun dem Baby, Karottenbrei bekommt das liebe Kind.

»Das hier ist ein Bauernhof. Siehst du das Huhn?«, eröffnet das kleine Mädchen Runde eins.

Der bunte, reichlich bebilderte Bauernhof zeigt, wer dort alles so wohnt: Pferde, Kühe, Schafe, Tauben und, und, und.

Im Vordergrund hält ein Fuchs neben einem Misthaufen Ausschau nach einem Huhn. Eigentlich eine wirklichkeitsnahe Darstellung, denke ich.

Also fing ich an. »Siehst du, wie der Fuchs nach dem Huhn schielt? Hier ist er, der Bösewicht, neben dem Misthaufen, schau mal, dort« läute ich Runde zwei ein.

Stille. Keine Reaktion.

Dann werde ich belehrt, da? der Fuchs eine Brille braucht.

»Wieso denn?« frage ich.

Antwort von der kleinen Bilderbuchbesitzerin: »Laura aus der kleinen Gruppe in meinem Kindergarten trägt eine Brille, weil sie geschielt hat, und nun schielt sie nicht mehr. Das kann doch der Fuchs auch machen. «

Was soll ich dazu sagen? Ich spüre eine gewisse Unruhe in mir. Eindeutiger Punktsieg an meine Nachbarin. Trotz des Tiefschlags, den sie mir verpasst hat, steigt sie unberührt in die Runde drei ein.

»Was ist Misthaufen, wo kommt der her?«

Jetzt merke ich, es war ein Fehler, mit dieser Beschreibung anzufangen. Ich hätte lieber Pferde nehmen sollen.

»Ja weißt du, Mist ist – sag mal, warst du schon mal auf einem Bauernhof?«, versuche ich abzulenken.

»Nein, also was ist Mist?«

Deutlich angezählt, gezeichnet von bohrenden Fragen, hänge ich in den Seilen. Ich habe aufgehört die Runden zu zählen.

»Wenn du schlafen gehst, hast du ein weiches, warmes Bett. Diese Tiere hier auf dem Bild haben Stroh als Unterlage, auf der sie weich und warm schlafen …«

»Und was ist Stroh?« unterbricht mich die Kleine.

Warum hat sie nicht den Bauarbeiter gefragt? Der hätte sicher kurzen Prozeß gemacht und ihr erklärt: Fuchs dreht Huhn Hals um, Mist ist Mist. Ende der Fahnenstange.

»Also was ist«, ihre Stimme klingt fordernd, »was ist denn jetzt?«

Ich ringe nach Luft, Schweißperlen rinnen. Noch zwei Stationen. Kommt es mir nur so vor oder fährt die Bahn absichtlich langsamer?

Ich versuche abzulenken, verkneife mir die mistige Antwort und lenke den Fokus auf das Huhn.

Mein Inneres sagt mir eindringlich: Um Himmels Willen, ja keine Gewalt, das Huhn darf nicht hinter dem Misthaufen enden!

»Sieh, das Huhn ist ein Freund vom Fuchs und beide spielen Verstecken. Außerdem ist der Fuchs neugierig und will wissen, wo dieses schöne weiße Federvieh seine Eier legt.«

»Federvieh?«

Der Zug hält, ich habe mein Ziel erreicht. Fluchtartig verlasse ich das Abteil. Meine kleine Freundin

ruft mir noch hinter her: »Ich heiße übrigens ...«

Völlig nassgeschwitzt stehe ich auf dem Bahnsteig. Auch ich rufe dem anfahrenden Zug hinterher: »Der Fuchs frißt Hühner und Bilderbücher – ätsch.«

Frau gefunden

Ich habe da eine Frau gefunden die mich schon monatelang begleitet. Ach was sage ich da: Jahrelang! Und diese Frau bringt mir was!

Sie ist mir sehr ans Herz gewachsen und begleitet mich im Alltag. Auch fährt sie mit mir in den Urlaub, liegt wie ich faul am Strand, wir trinken auch ab und an ein Glas Wein, schlafen zusammen im Sessel ein und ja, ich gestehe; wir gehen zusammen ins Bett.

Sie ist sehr belesen und erklärt mir immer wieder neu die Welt. Ihre Welt. Sie erzählt von der Schönheit der Natur. Durch sie sehe ich die Farben in einem anderen Licht, vernehme den Schrei der Wildgänse und Kraniche, höre, was ich sonst nicht vernehmen kann, rieche die Düfte der Pflanzen, spüre den Wind, schmecke den Regen.

Sie erzählt von Glück und Liebe und ich träume mich in ihren Arm.

Manchmal, aber nur manchmal, bin ich nicht ihrer Meinung. Nicht dass wir uns streiten, nein, ich lasse sie eine Zeit links liegen um später doch ihren Rat zu holen.

Sie hat eine klare, unmißverständliche politische Meinung. Sie ist auf der Seite der Schutzbedürftigen. Sie haßt den Krieg, Hunger und Not. Sie liebt fremde Menschen und mich. Sie liebt das Leben.

Tja und so sind wir innig verbunden.

Wir haben uns gefunden, wir wollen viele Monate, besser noch, viele Jahre gemeinsam verbringen.

Und so sprichst du in deinen Büchern und Gedichten zu *mir*: Eva Strittmatter.

Halt, hier geblieben!

Nein, nicht nur die frischen, goldbraunen knusprigen Brötchen, liebevoll von der Fachverkäuferin der Feinbäckerei *Brot und Kuchen* in die firmeneigene Papiertüte gezählt, sondern auch ich ändere Farbe und Aussehen. Wie Peitschenschläge auf den unschuldigen Rücken treffen mich die folgenschweren Worte: »Halt, hier geblieben!« Das Blut gefriert in meinen Adern. Wer ist hinter mir her? Die Volkspolizei? Da fällt mir ein: Das war gestern.

Die GSG9? Mit einer Entführung habe ich nichts zu tun!

Ein Zahnarzt mit Bohrer?

Meine Frau – und dazu noch so laut? Nein, die wartet mit Kaffee und Butter auf duftende Brötchen und auf mich. Also wer fordert mich auf, stehen zu bleiben?

Ein tätowierter, kräftiger rechter Oberarm, fast so dick wie mein Oberschenkel, streckt sich nach mir aus, ich spüre schon denn knochentrockenen Leberhaken, bekomme keine Luft und will in die Knie gehen, doch dann ...die Entwarnung! Honigsüße Worte von der Frau mit mehlbestäubter Bäckerschürze: »Hier, wolln'se das Restgeld nicht haben? Die Brötchen sind heute im Angebot.«

Himmelsstürmer

Schuld haben die Sputniks, eine bekannte Musikband. Aber im positiven Sinne! Sie machen so gute Musik, da wippt man im Takt, singt oder tanzt mit. Auch einer musikalischen Reise steht nichts im Weg. So geschehen bei einem Stadtfest.

Vor meinen Augen läuft ein Film ab. Die Sputniks unterlegen mit ihrem Soundtrack den Start einer Rakete. Und ich fliege mit!

O, was es von hier oben zu sehen gibt. Da ist Italien – der Stiefel, da Afrika – unglaublich groß. Die Erde wird immer kleiner. Der Mond ist zum greifen nah. Weiter, immer weiter geht die Reise. Wohin eigentlich?

Es wird auch immer leiser. Es ist so leise, daß man die Stille laut hören kann. Die Erde ist nicht mehr zu sehen – wo bin ich eigentlich? Wo ist Nord, wo Süd?

Wo Anfang und Ende? Ist unten über mir? Ist vor mir hinten?

Wohnt hier irgendwo der Chef? Sehe ich hier, oben oder unten, all diejenigen wieder, die schon lange das Irdische gesegnet haben?

Und welches Licht leuchtet hier – ist es ein helles oder dunkles Licht?

Ist dieser Fleck vor mir das berühmte schwarze Loch?

Und werden wir von ihm geschluckt, ohne zu wissen, wo wir uns dann befinden? Dann lieber Kapitän, reiß das Steuer herum und gib folgende Koordinaten ein: Erde – Stadtfest – Sputnik – Bratwurst.

Der Film ist vorbei, der Soundtrack ist verklungen, ich

betrete heimatlichen Boden. Die Erde hat mich wieder. Dankbar schaue ich zum Himmel. Was für ein schönes Blau!

Im 2. Stock

Wenn man vor dem Mehrfamilienhaus in der Hauptstraße Nr. 47 steht, 2. Stock rechts, mit den gerafften Gardinen an den Thermofenstern – dreifach verglast – und aus denselben auf die Straße herunterschaut, so steht man links im Mehrfamilienhaus Nr. 47 in der Hauptstraße.

Und dieses, mal links, mal rechts, 2. Stock und Nr. 47, Hauptstraße und dreifach verglast, all das brachte Herrn Peter – Kinder adelten seinen Namen auf seinem Klingelschild zu einem Schwarzen Peter – derart durcheinander und in die Lage, in der er sich seit einiger Zeit befindet. Und ich bin mir sicher, daran wird sich so schnell nichts ändern!

Nämlich aus ehemals Herr Peter wurde blitzschnell, ohne Pardon und ohne Gnade, alles Flehen war umsonst, Herr Falte.

Seine Frau, durchaus als resolut zu bezeichnen und mit entsprechender Fülle ausgestattet, faltete ihren Mann derart zusammen – aber auch so was zusammen – › daß er unter der Türritze im 2. Stock als Hauch passte.

Auf die Frage seiner lieben Angetrauten – mehr als 27 Jahre innerlicher Verbundenheit sind amtlich ausgewiesen – › ob er ihr nicht mal was Nettes sagen könnte, wie zum Beispiel die drei berühmten Worte, kam es wie aus der Pistole geschossen die unüberlegte Antwort in Form einer Frage.

»Wann gibt's Essen?«

Aus. Ende. Falte. Faltenpeter.

Kann man ein Brot hören?

Sehen, fühlen, schmecken, ja! Aber hören?

»Ja, man kann! Hier, halte es an dein Ohr. Brich vom frischen Laib ein Stück ab. Wenn dann die Kruste reißt und du richtig hörst, vernimmst du die Geschichte vom Korn, vom reifen Getreidefeld und seinen Mitbewohnern.«

Das Getreidefeld wiegt sich leise im Wind. Aus den Bergen kommend, pustet er den reifen Ähren den Staub von ihren Mänteln. Das leise Rascheln der Halme klingt wie Musik. Dabei unterhalten sich die goldgelb gefärbten Ähren,schwer und reif ihr wervolles Gut.

»Wir werden Mehl!

Ich dann ein Kuchen!

Ich dann eine Waffel in Herzform! Ich ein Brot!« Aufmerksam werden sie von Hamster, Feldmaus und Grille belauscht. »Morgen, spätestens übermorgen, so habe ich vernommen, soll die große Maschine kommen. Dann rieseln meine Körner in ihren großen Bauch« weiß eine Ähre zu berichten.

Der Hamster traut seinen Ohren kaum. »Und ich? Bekomme ich nichts?«

Eine dicke Ähre lacht so laut, dass ein Korn aus ihrem Kleid purzelt.

»Hier, nimm. Da hast du einen Vorgeschmack. Wenn geerntet wird, bleiben genug Körner für alle übrig.Und ich verbreite kein Gerücht!«

»Wen plagt Gicht?«, fragt die Feldmaus.

Mißmutig hockt ein hungriger Falke auf einem Apfelbaum. Durch die große Entfernung ist es ihm nicht möglich, das Gespräch zu belauschen. »Hier ist nichts zu holen« denkt er und fliegt davon. Wenn er wüßte …! Glück für Hamster und Co.

So geht dieser ereignisreiche Tag zu Ende. Und alle summen sich zufrieden in den Schlaf.

Hörst du es, hörst du, was ein Brot für Geschichten erzählen kann?

Ja, ein Brot kann man hören!

Kinder, wie die Zeit vergeht

Staubig ist der Weg, eine von Pferdefuhrwerken zerfurchte Landstraße. Auf der einen Seite ist sie von Gras, niedrigen Sträuchern und Heckenrosen gesäumt. Auf der anderen wird sie von Birnbäumen und Zwetschgenbäumen begleitet. Hinter Busch und Baum ruhen abgeernte Felder. Es ist Herbst. Grünes wird bunt. Eine Farbenpracht, wie sie Mutter Natur seit jeher veranstaltet. Schwalben drehen fleißig und unermüdlich ihre letzten Kreise. Stille ringsum.

Nicht ganz. Was liegt da für ein eigenartiges Summen in der Luft? Wo kommt es her?

Von da drüben! Da kommt es her! Aus der Richtung der Telegrafenmasten.

Hinter Büschen und vom Wind zerzausten Rosenhecken stehen Holzmasten in Reih und Glied. Sie passen sich dem Straßenverlauf an.

Geschmückt sind die Telegrafenmasten mit einer Krone. Das Adelsstück besteht aus einer eisernen, ausladenden Traverse, reich verziert mit Porzellanisolatoren. An diesem weißen Keramikschmuck sind fast bleistiftstarke Drähte befestigt, hangeln sich von Mast zu Mast, von Traverse zu Traverse. Sie leiten und übermitteln auf elektronischem Weg geführte Gespräche von Dorf zu Stadt, von Stadt zu Dorf. Wichtiges. Mehr oder weniger. Abhörsicher!

Wirklich?

Spatzen sitzen auf Draht und Porzellan, lauschen der Frequenz, die aus dem Inneren der Drähte summt. Die neugierige Federbrut kann alles verstehen und zwitschert uns Gespräche und streng vertrauliche Informationen zu.

Wir, du und ich, können es nicht deuten, denn wir verstehen die Spatzensprache nicht.

Brauchen es auch nicht mehr. Heute gibt es andere Quellen der Nachrichtenübermittlung.

Keine Drähte, sondern Funkwellen umspannen den Globus. Abhörsicher?

Nein. Leute mit langen Mänteln, ausgerüstet mit Kescher, fangen elektronisches Luftgesprächsgut ein, können alles entschlüsseln.

Telegrafenmasten, Traversen, Porzellanisolatoren, Drähte – das war gestern. Geblieben sind Gräser, Buschwerk, Heckenrosen, Birnbäume und Zwetschgenbäume.

Und staubiger Asphalt.

Liebe Sieglinde, mein süßes Knollennäschen

»Du Nachtschattengewächs bist ja käuflich« und »Mach dich vom Acker«, riefen deine Schwestern hinter dir her. Ein »Bratkartoffelverhältnis« haben sie dir angedichtet. Als »Mehlige« und »Feste« wurdest du beleidigt. Dabei hatten sie keine Ahnung, wie viel Stärke in dir steckt.

Und nun das. Ja, es stimmt. Ich habe dich gekauft. Zwischen uns beiden war es Liebe auf den ersten Blick.

Deine strahlenden Augen, deine süße Knollennase und erst deine Haut! Ein Gedicht von Schale. Damit rückst du jedem auf die Pelle.

So hab ich dich zum Fressen gern. Mit Butter und einer Prise Salz geht meine Liebe zu dir durch den Magen. Meine geschwenkte Pellkartoffel, du. Somit bleibt dein Rezept in aller Munde.

Und weißt du, was das Schönste an dir ist?

Du liegst nicht schwer im Magen!

Maikäfer und Loch im Strumpf

Zwei denkwürdige Ereignisse an einem Tag – wann hat es das schon gegeben?

So ein Tag läßt sich auch genau benennen: der 15. Mai 2017.

Die erste Begebenheit:

»Halt, Vorsicht, keinen Schritt weiter!« Da krabbelt doch tatsächlich ein braunes, glänzendes Insekt mit weißen Flecken unter seinem Flügelkleid mitten auf einer geteerten Straße. Ein Freund vergangener Tage. Erinnerungen werden wach. Was hatte er doch für Freude bei meinen Schulfreundinnen im Mai 1957, im Jahr des Sputniks, ausgelöst! Ach was, Freude – nein, Jubelstürme ist das richtige Wort. Sportliche Verrenkungen, wildes Zucken, Habhaftwerden dieses brummenden Ungetüms namens Maikäfer. Und der hatte auch die dumme Angewohnheit, sich durch Haare zu wühlen. War das gegenüber den Mädchen gemein? Nun ja, ich würde ich sagen, vielleicht, ich bin mir da nicht sicher, festlegen lasse ich mich da nicht – ach was, ich sage es frei heraus: »Nö, es war, wie es war.«

Heute setze ich den Brummer vorsichtig auf ein Buchenblatt. »Flieg, mein Freund! Es war schön, dich wiederzusehen.«

Die zweite Begebenheit:

»Was für eine Freude! Ein Loch im Strumpf!« Das gibt es doch gar nicht. Tatsächlich, hinten an der Ferse. Wann hatte ich zum letzten mal eine solche sichtbare Katastrophe zur Schau getragen? Auch hier werden Erinnerungen wach.

Ich glaube, das letzten Mal war im Jahr des Erdtrabanten. In dieser Zeit und viele Jahre davor war es Gang und Gebe, gestopfte Kniestrümpfe oder Socken zu tragen. Männlein wie Weiblein. Heute muß es korrekt heißen: Weiblein wie Männlein.

Farblich nicht abgestimmtes Garn engte die schadhafte Stelle liebevoll ein. Man könnte auch sagen: Umgarnte das schadhafte Ärgernis. Ein Stopfpilz, ja, wirklich ein Pilz, also so einer aus Holz, diente zur besseren Handarbeit mit Nadel und Garn oder Zwirn, je nachdem, was Mutters Nähkästchen zu bieten hatte. Also Pilz unter das kartoffelgroße Loch geschoben und – haste nicht gesehen – ruck zuck war gewirkte Masche mühsam durch jahrelanges Können fest über Kreuz zu genäht. Ja, so war das.

Und heute? Selten, daß ein kaputter Strumpf die Ferse zum Glänzen bringt. Und wenn ja, wird in einschlägigen Geschäften sofortige Hilfe angeboten. Paarweise oder mehr, neuwertig und in fast allen Farben. Stopfen war gestern.

Umso mehr war es Freude für mich, den gerissenen Strumpf zwei Tage lang allen meinen Mitmenschen zu zeigen. Ob sie es wollten oder nicht. Da fällt mir ein: Ich hätte sogar Fersengeld nehmen können. Na ja, sei's drum. Aber was so ein kaputter Strumpf nicht alles zu erzählen hat, nicht wahr?

Zwei denkwürdige Ereignisse an einem Tag – wann hat es das schon mal gegeben?

Mein süßes Ich

Wir sind zu zweit. Also ich und mein süßes Ich. Immer ist es mir zwei Schritte voraus und bereitet Unbehagen. Allein wenn ich daran denke, komme ich ins Schwitzen. Überall quasselt und funkt es dazwischen. Seine Macht ist meine Ohnmacht, es schwächt meinen eisernen Willen zu butterweicher Torte. Teure Ratgeber im Bücherregal helfen nicht, saure Mienen helfen auch nicht, Meditationen versagen ebenso. In allen Lebensbereichen kann Unterstützung erwartet werden, nur bei meinem süßen Ich versagen sämtliche Hilfsmechanismen. Ja, sogar das Sterne Horoskop kann man den Hasen geben. Es ist nicht zu glauben!

Und dabei leiste ich jedes Jahr in der Silvesternacht den Treueschwur, mich in den kommenden Monate nicht austricksen zu lassen. Ich möchte Macht über die zwei Schritte voraus bekommen, damit ich Silvester sagen kann: »Ätsch, du hast verloren!« Doch vergeblich. Meine ehrgeizigen Ziele sind leider nicht von Erfolg gekrönt.

Um es in neudeutscher Sprache auszudrücken: »Ich bekomme den Flattermann und meinem süßen Ich tropft der Zahn.« Wobei wir beim Thema wären: Was macht man mit Macht, die als Querulant auftritt? Die nur auf Süßes aus ist? Die meine Richtlinienkompetenzen überschreitet? Sie ignorieren? Auf den höchsten Berg klettern? Sie unter dem Meeresspiegel aussitzen? Wegschauen?

Von wegen wegschauen. Neulich im Urlaub ist es wieder passiert. Ins stadtbekannte Cafe *Zur Mohnschnitte* ist es reingestürmt, hat mich hinterher gezerrt, meinen lautstarken Protest ignoriert, ein fettes Stück Frankfurter Kranz und Kännchen Kaffee bestellt. Und wer blieb auf den Kosten sitzen? Ich!

Unter uns Brüdern und Schwestern, ich habe wirklich alles versucht. Geht es euch auch so? Ist es nicht schlimm, wenn Macht von so einem – Entschuldigung – Miststück ausgeht? Da kann man doch echt die Krise bekommen! Oder?

Sogar beim Schreiben wollte es mich noch beeinflussen. Es hatte doch tatsächlich die Stirn, mir ins Ohr zu flüstern: »Ich habe ein neues süßes Rezept: Man nehme …«

Mein Biss in eine saure Gurke machte dem Spuk ein Ende.

Das hatte es nun davon!

Nur eine Frage

Es war eine Situation, bei der es angeraten war, sich schleunigst aus dem Staube zu machen. Obwohl Schneestaub die treffender Wortwahl gewesen wäre, denn an diesem Tag sind Schneegestöber und eisige Temperaturen das vorherrschende Element.

Doch von vorn.

»Heute gibt es Pellkartoffeln und Hering nach Hausfrauenart, geh auf den Wochenmarkt und hole Fisch«, so der Befehl meiner besseren Hälfte, und da sollte nicht widersprochen werden. Gesagt, getan.

Jeder Markt hat seine Stände, die nach Obst- Käse-Wurst/Fleisch, Honig, Fisch und anderes mehr geordnet sind.

Doch heute fehlte der Fischstand. Ausgerechnet heute! Warum ist er nicht da? Womöglich kommt der mobile Fischstand noch? Mal nachfragen.

Eine Antwort erhoffte ich am kundenleeren Fleisch- und Wurststand zu bekommen.

Dick und warm eingemummelt, stampfe ich durch Schnee zum beheizten Stand mit der verschneiten Haube.

Der Metzgermeister in der ehemals weißen Schürze – die nun rötlich eingefärbt ist – und in aufgekrempelten Hemdsärmeln, die linke Faust auf sein Tresen gestützt, die rechte Hand auf einem scharfen spitzen Messer in einem Holzbrett ruhend, wartet hinter Wurst –und Fleischwarenauslagen auf das was da kommt. Das Messer scheint mir mehr als scharf zu sein, wie die abgenutzte Klinge vermuten läßt.

Zufrieden schaut er auf sein umfangreiches Angebot und wartet auf kauffreudige Kundschaft. Noch zufriedener schaut er auf mich, bin ich doch offensichtlich der einzige Käufer weit und breit. Vor seinem geistigen Auge sieht er schon einem größeren Geldbetrag entgegen.

»Guten Tag«, frage ich, »können Sie mir sagen, ob heute noch der Fischwagen …?« Weiter komme ich nicht.

»Nein« zischt er mich an, drückt sein sehr scharfes Messer noch tiefer in das Holzbrett und bläst die von Korn und anderem Hochprozentigem gut durchbluteten Backen auf.

Zack – ich bin in meiner aufgewirbelten Schneefahne dann mal weg.

Fischstäbchen war die Alternative.

Stimmt

Das gemeinsame Wartezimmer für Allgemeinmedizin und HNO Praxis ist voll. Übervoll. Proppenvoll.

Alle Sitzplätze sind belegt. In den verschachtelten Gängen und Fluren stehen mehr oder weniger geduldige, schniefende, gähnende, in ihre Tablet oder Smartfone tippende oder stierende Kranke. Undeutliche Lautsprecherdurchsagen bitten Frau / Herr Sowieso nach Zimmer 8. Oder 9? Welcher Name wurde aufgerufen: Ich, du, er, sie, es?

Frei werdende Sitzgelegenheiten auf rotbraunem Kunstleder sind hart umkämpft! Rock oder Hose erwartet ein durchgängig vorgewärmter Sitz. Broschüren für die richtige Gesundheitsvorsorge, Blutdruck senkende Maßnahmen, Aufbau und Funktionsweise des Gehörganges und andere wissenschaftliche Magazine liegen griffbereit aus.

Nach erfolgreicher Stunde des Wartens habe ich endlich einen Sitzplatz ergattert, und den gebe ich, komme was da wolle, auch nicht mehr her, bis ich mir sicher bin, meinen genuschelten Namen zu hören. Zimmer 8 oder 9. Eineinhalb Stunden sind vergangen, die Zeit scheint festgenagelt, und so greife ich nach einer vom Fachverband der Ärztekammer herausgegebenen Zeitschrift. Seite um Seite mahnen Kommentare im abgegriffenem Heft, was man darf und was nicht. Ein Soduko Rätselfreund auf Seite 27 hat aufgegeben, Schwierigkeitsgrad »schwer« bleibt ungelöst. Zwei Stunden Wartezeit sind mittlerweile vorbei und ich blättere lustlos die vorletzte

Seite auf. Und was steht da? Da steht fettgedruckt: »Deutschland sitzt sich krank«. Ich nicke zustimmend. Da gibt es nichts mehr hinzuzufügen.

Habe ich undeutlich meinen Namen und Zimmer8 gehört? *Endlich!*, jubelt mein Rückgrat!

Verkehrsteilnehmer

Die Ampel zeigt Rot. Ein kleiner Knirps, vielleicht vier Jahre jung, wartet auf Grün. Mit der einen Hand hält er seine Mutti vor unüberlegten Schritten, die Fahrbahn zu betreten, zurück. Die andere Hand umklammert einen feuerroten Roller. Schließlich ist er ein erfahrener Verkehrsteilnehmer und kennt die Gefahren, die auf der dreispurigen Fahrbahn lauern, aus dem Effeff. Sein Blick richtet sich auf seinen Nachbarn, einen alten Mann. Der stützt sich auf sein rollendes Rohrgerüst. Der Knirps sagt mit Kennerblick: »Du Rollololator.«

Der Mann nickt und sagt mit Kennerblick: »Du noch Roller.«

Die Ampel zeigt Grün. Jung rollert zügig drauflos, Alt schlurft schmerzgeplagt hinterher.

Wir lieben dich!

Aha, nun also doch! Schon wieder klopft er an die Tür! Nicht das er überraschend gekommen wäre – nein, meines Wissens nach, und so steht es auch im Kalender, bringt sich der raue, aber liebenswerte Geselle in Erinnerung: Herbst!

Er kündigt sich stürmisch, regnerisch, launisch, aber immer in atemberaubenden Farben an.

Der Sommer neigt sich dem Ende, der Herbst übernimmt die Regie und schmeichelt mit letzter Wärme des Altweibersommer. Perfekte Staffelübergabe.

Die Wiesen sind abgegrast, Kraniche ziehen gen Süden und nutzen die letzten warmen Aufwinde. Laut schnattern sie uns zu: »Der Herbst wird uns zu kalt; nächstes Jahr im Frühling sehen wir uns wieder!«

Wir – also du und ich – schnattern und bibbern mit, rufen hinterher: »Ja, nu isser da!«

In die warmen Gefilde zieht es uns nicht. Wir ziehen dafür warme Kleidung an, haken uns beim Herbst unter und spazieren durch seinen Zauberwald. Staunen über das farbenprächtige Blattwerk, wirbeln raschelndes Laub unter den Füßen auf, den neuen Bodendünger für späteres Leben. Wir erinnern uns an tobende Laubschlachten, ans Blätterpressen fürs Poesiealbum, an eine ausgefüllte Kinderzeit.

Wind bläst aus herbstdicken Backen. Drachen steigen hoch hinauf, zerren an langen Schnüren, wollen immer höher fliegen, Kinder kämpfen mit wechselnden Böen, stemmen sich mit aller Kraft dagegen, kleine Hände halten tapfer die Schnüre fest.

Es riecht nach Pilzen! Sammler, gebückt und immer der Nase nach, füllen ihren Spankorb mühsam mit leuchtend braunen, gelben und rötlichen Hutkappen. Kulinarischer Hochgenuß am heimischen Herd ist garantiert.

Kastanien, Bucheckern, Eicheln kullern kreuz und quer über humusreichen Boden, bedecken heimischen Forst. Im Revier der Sagen und Märchen finden Waldbewohner reichlich Nahrung. Wildschweine, nicht zimperlich, pflügen den Waldboden um.

Das letzte Obst ist geerntet, Nüsse trocknen, Weintrauben werden zu flüssigen Gaumenfreuden gepresst, der Altar zum Erntedankfest ist gedeckt. Kälteempfindliche Pflanzen mahnen, nicht das schützende Tannengrün zu vergessen.

Faß, Scheune, Stall und Keller ist für die kommende eisige Zeit gut gefüllt. Für Tier und Mensch ist gesorgt. Zufrieden verabschieden wir uns vom Herbst und danken ihm für seine therapeutische Begleitung.

Auch die Kaffeekanne ist gefüllt, wartet im warmen Haus mit Pflaumenkuchen und einem Klecks Sahne auf uns Spaziergänger. Der sturmerprobte Freund bleibt draußen und streift jaulend um Zaun und Stein. Mit einem Regenschauer und anschließendem Regenbogen zieht er weiter —'s ist seine Art.

Er hat es auch so eingerichtet, daß die Tage kürzer werden, die beste Zeit für geselliges Beisammensein. Bei Kerzenlicht werden in der Guten Stube Geschichten zum Besten gegeben, tauchen graue Tage in freundliches Licht.

So zieht der Herbst alle Jahre wieder seine Register. Er

zeigt uns, was er für ein Zauberer ist. Dafür lieben wir ihn. Es ist ein Freund, der uns reich beschenkt!

Anmerkung: Ob sich auch Haus –und Hofbesitzer mit Baumbestand reich beschenkt fühlen, entzieht sich meiner Kenntnis.